UNOSOTROS

COMPAÑÍA URBANA EN LA NOCHE

UNOSOTROS
NARRATIVA

DIANA FERNÁNDEZ FERNÁNDEZ

A mi hermano, donde quiera que esté

A todos los que me ayudaron y me ayudan

Un suceso cotidiano, su resultado: una confusión cotidiana.

Índice

Prólogo

He dicho:

No son alardes. No es feminismo. La narrativa cubana escrita por mujeres desde hace ya dos décadas hasta hoy presenta los mismos quilates de calidad, las mismas búsquedas, iguales transformaciones en los planos estético y ético, similares riesgos en la configuración de ese mundo que rodea a las escritoras, oponiéndosele, menospreciándola, minimizándola.

He dicho:

Los aportes de esta narrativa pueden encontrarse en la osadía en el tratamiento de los temas, en el develamiento mismo de nuevos temas, en la adaptación al plano formal de un pensamiento lógico distinto, por naturaleza humana y por el grado de la lucha en busca de su realización.

He dicho:

Dentro del concierto de narradoras que sobresalen en las dos últimas décadas del siglo que cerró y del que ha empezado, la crítica se ha ocupado (aún muy levemente) de resaltar las poéticas noveladas de Karla Suárez, Ena Lucía Portela, Mylene Fernández Pintado y Anna Lidia Vega Serova (a quien he llamado: «las cuatro jinetes del Apocalipsis de la narrativa escrita por mujeres en Cuba», y ha hablado mucho menos (casi nada) de los aportes que al mismo fenómeno han hecho autoras como Sonia Rivera-Valdés, Achy Obejas, Cristina García, Mireya Robles y Mayra Montero, todas creando sus obras bajo el código de la mixturización de sus raíces cubanas y norteamericanas.

11

He dicho:

El listado de aportaciones estéticas y de nombres destacables, distinguibles, resultaría aplastante si damos un simple bojeo por lo que hoy se escribe, por cubanas, en Cuba y países tan distintos y distantes como Australia, Sudáfrica, España, Argentina, Chile, Canadá, Suecia y los Estados Unidos, por señalar solamente aquellas regiones del planeta azul donde destaca más de una escritora.

Diré entonces:

Entre ese concierto de propuestas novedosas, irreverentes, profundamente reflexivas, la cuentística de Diana Fernández significa una rara avis por su calidad y por los marcos de diferenciación que establece con las normas establecidas (y valga la redundancia) por el canon cubano de la narrativa escrita por mujeres, si es que existe tal canon.

Diré entonces:

Compañía urbana en la noche es un libro de absoluta madurez y con una multiplicidad temática y estética que lo convierte en un muestrario de las propuestas literarias de esta narradora.

Diré que Diana es diferente.

Diré que al concepto narrativo de Diana no le importan las modas literarias.

Diré que Diana sabe filosofar desde la cotidianidad con una profundidad filosófica inusual, una mirada inquisitiva e inquisidora y un desnudamiento de la poesía escondida en los simples hechos de la vida cotidiana de nuestros días, sin sensiblerías baratas, sin parcelaciones absurdas, sin feminismos ridículos.

Diré que Diana observa su realidad con la naturalidad, la soltura y la sabiduría con que una Diosa juzga la vida que ha creado desde lo alto de su otero, sentada en la poltrona real.

Diré entonces:

Fíjese en los mecanismos escogidos por esta narradora para presentar sus temas, crítico exigente: la simpleza de una vida en La Habana actual desde la perspectiva apagada de una simple mujer, el absurdo de la cotidianidad, el desencuentro por la agitada modernidad, las oleadas tenebrosas del tedio matrimonial, las telarañas oscuras de la infidelidad, los jugos amargos de la frustración, la soledad, la incomunicación, la indefensión, el amor, los falsos juicios.

Cada cuento es una lección de estas y otras preguntas que el ser humano habrá de responderse

Diré entonces:

El aporte mayor de Diana Fernández, con este libro, a la narrativa cubana que hoy se escribe en la isla, parece de una simplicidad aterradora: la vida es un absurdo asfixiante, aniquilador, que únicamente nosotros podemos transformar.

Me gusta ese pesimismo. Me gusta que la reflexión final de cada historia lleve a una pregunta clásica que pocas veces la humanidad se hace: ¿qué nos hace tan imperfectos?

Y a esa pregunta lleva el develamiento de las diversas escalas del absurdo cotidiano que mediante la recreación de conflictos existenciales de sus personajes nos propone la autora de *Compañía urbana en la noche*.

Y explicaré:

El aporte «parece» simple. No lo es.

La preferencia de la escritora por las historias construidas sobre la estructura básica de la anécdota, no es casualidad: responde al intento de ofrecer una clave reflexiva sobre el asunto, el conflicto y el trauma narrado.

La construcción de los personajes (y de su mundo psicosocial) mediante la, en apariencia simple, contraposición de los deseos íntimos y los sueños y tormentas personales en contra de lo estatizado por la sociedad en la que se mueven, no es obra del azar: señala en esta narradora una búsqueda ontológica que salta desde lo personal a lo universal en algunas piezas narrativas.

La selección de un ritmo cortado, en ocasiones; de una sequedad narrativa, en otras; de una profusión de ideas por encima de las acciones, en algunos cuentos; de colocar la frase justa en el sitio justo, en la mayoría; no es pobreza de lenguaje, no es facilismo: significa haber elegido el camino de la síntesis, la sugerencia, la señal de humo lanzada al aire, en un género literario que, mientras más corto, más difícil.

He dicho, finalmente:

Compañía urbana en la noche da fe de dos verdades absolutas que el lector de estas páginas comprobará cuando tenga el libro en sus manos: la primera verdad, que la cuentística cubana escrita por mujeres en nuestra isla tiene aristas como éstas, propuestas como éstas, señales de humo que a todas partes llegan, como estas historias; la segunda verdad, que Diana Fernández ya dejó de ser «la autora de aquel cuento interesante», «una cuentista que ha publicado en algunas antologías», como han dicho los críticos de tantos escritores alguna vez, y se ha convertido en otra de esas voces imprescindibles de ese gran fenómeno que es la Narrativa Cubana.

He de añadir: No es una simple voz; no es voz del coro. Diana Fernández, con este libro, que es solamente una parte esencial de su obra, es una voz diferente en ese concierto. Y se eleva. Y destaca. Y nos lanza señales de humo desde una modernidad urbana que nos agobia y nos aturde. La reflexión se impone. Hagámonos la pregunta: ¿qué nos hace tan imperfectos? Cada quien que encuentre sus respuestas.

Amir Valle, junio y 2003

COMPAÑÍA URBANA EN LA NOCHE

En medio de la ciudad se mira las uñas como puede, como la oscuridad se lo permite, como la vaciedad, el silencio, pero, sobre todo, como esa desolación en la calle-negra-madrugada la compulsa y no le habla.

Se mira y remira las uñas, limpia las de una mano con las de la otra y solo las mira y remira por no enfrentar los privados edificios aislados. Ella, indefensa, del lado de afuera de las cercas, desangra las yemas de sus dedos-temores. Hubiese preferido no hallarse en esas circunstancias, pero generalmente las distancias-ausencias superan los anhelos.

Ocurre que ella siente fuertes deseos de no estar allí. Los deseos se imponen, abren las puertas, deciden liberar la soledad. La mujer vacila: andar o quedarse, plantada hasta el amanecer, a esperar las primeras figuras que traspasan los cercados y se incorporan a la selva-ciudad, los primeros ómnibus que aparecen en la madrugada que aborta.

La mujer vacila, gira sobre un pie, sobre el otro y tras mucho estudiarse las uñas, echa a andar. Mientras abandona la parada-símbolo, un sonido-murmullo que estremece la P la hace estremecer asimismo a ella: los números saltan del cuadriculado metálico a la acera, se le aparean, y caminan también, irremediablemente la acompañan.

Ella se deja envolver por la caravana de extremidades desiguales que trota en saltos-alumínicos sobre el cemento.

Al comienzo son pocos los números, pero a medida que superan nuevas paradas, el grupo crece, se nutre. A pesar de ir *in crescendo*, el raro bullicio no es capaz de despertar a la ciudad que duerme tras alambradas y postigos.

Un borracho tambaleante se acerca en dirección contraria, se introduce en la comparsa de raros caminantes, se codea con ellos, cambia el rumbo y se incorpora a la marcha. A ella no le asombra el desasombro del ebrio, no le estorba su humana compañía y respira satisfecha mientras anda junto a la descomunal masa que se multiplica gradualmente.

Tras algunos kilómetros de marcha, la exsolitaria mujer se detiene, ha llegado a su destino, por primera vez sonríe, abre la puerta de su casa sin verjas y se despide de la multitud de números que ya supera con creces la cantidad de guaguas de La Habana.

Mutantes

En tantas horas de espera no se había percatado del pez azuloso que iba y venía imperturbable de un extremo a otro y que a veces subía a la superficie, sutil, lento como, solo lo hace un pez sin apuros de ninguna especie.

Había otros peces guarecidos, temerosos quizás, habitando las esquinas de la pecera. En ocasiones se movían intranquilos en un medroso paseo, pero no llamaban su atención como aquel azuloso de suave deslizar, que a través del cristal se detenía a mirarle.

No se explicaba por qué un simple pez podría atraerlo con tanto poder. En realidad, el hecho, lejos de perturbarlo, lo satisfacía, lo rescataba del monótono salón en el que esperaba desde hacía más de tres horas, rodeado de puertas silenciosas y exquisitas marineras que ya conocía de memoria. También estaba el suave sofá colmado de cojines y peces decorativos —a punto de saltar de tan mirados— y en el cual se había zambullido con un acuático *glub*, después de que consecutiva y respectivamente, en las puertas 1, 2, 3 y 4, una mujer de saltones ojos y respiración braquial, un hombrecito de labios abri-cerrantes, una joven de marcados movimientos natatorios y una anciana de coleteantes pies, le sometieran a un acucioso y repetido interrogatorio sobre su preocupación por la vida marina, sus capacidades de inmersión en apnea y la fragilidad de su piel, entre otras preguntas, a las cuales respondiera sin reparos, a pesar de haber acudido a aquella oficina de protección marina, solo para una denuncia de contaminación química en las aguas de la plataforma insular.

Sumergido en el amplio y blando sofá-*glub*, le asaltaba de vez en vez una extraña ansiedad de mar, de experimentar la inconfundible caricia de las aguas, efecto quizás de la atmósfera creada por el pequeño acuario, los móviles peces del sofá y las marineras al óleo que le hacían elogiar la maestría de los artistas y el buen gusto de los decoradores.

Luego, el pez de nuevo. El pez en cuestión, ejercía fascinación sobre su persona y lo hacía olvidar la espera a que lo sometían los oficinistas —pase a la otra puerta, espere unos minutos. Sería una pez, se dijo, rió convulsamente, casi en silencio para no llamar la atención y fijó la vista en el cristal. El pez se detuvo —pisci-magnetismo, pensó el hombre—, emprendió un breve paseo de una a otra punta y se interrumpió, esta vez para mirar desembozadamente, sin absoluto disimulo. El hombre se levantó —la mirada de este acuático ejemplar no era la simple mirada vacía y cristalina de todos los peces, éste miraba con sentimiento— y depositó su mano de plano, sobre el cristal, como queriendo agarrar el cuerpo diminuto, sentirlo palpitar dentro del puño. Le pareció que el cristal se ablandaba, cedía un poco, dejaba pasar su mano, y sintió, más aguda aún, la necesidad de nadar, como aquel pez en el agua.

El pez se arrancó del cristal y él regresó bruscamente al sofá-*glub*. Miró su reloj. Llevaba tres horas y tres cuartos en aquel sitio. La agobiante espera, el cerrado lugar, la falta de oxígeno, lo hicieron percibir oscilantes movimientos en las paredes y sufrir un ligero mareo que lo indujo a adormecerse sobre el espaldar del intranquilo sofá. Una rara sensación de ingravidez lo despertó sobresaltado.

El pez lo miraba de frente, su boca se abría y cerraba sin cesar, mientras las aletas tiritaban en el agua. Sintió pena, no de este pez a salvo, sino de tantos otros a expensas de enormes manchas de químicos contaminantes, como el que había ido a denunciar. Se sintió conmovido, se incorporó, se arrodilló y acercó —más bien pegó— el rostro. El frío del agua le llegó desde el otro lado del vidrio, refrescó su frente, sus párpados. Un efecto soporífero, acuático se apoderó de todos sus sentidos, aún guardaba en su mano la rara huella táctil del paso al otro lado. El cristal se ablandaba nuevamente, se hacía penetrable, él podía incluso hincar, además de la mano, la cabeza y respirar, permitir que el pez azul jugueteara largamente con su nariz, acariciara sus mejillas, su boca, sus orejas. La sensación subacuática aumentaba, se hacía más tolerable, y posibilitaba la cómoda inmersión del pecho, los brazos, la cintura —que antes no hubiera imaginado cupieran en aquella pecera.

El deseo de sumergirse se hizo irresistible, y el hombre, que ya no podía mantener los pies en seco, dejó de creer necesaria la previsión de no cerrar definitivamente el regreso, recogió las piernas y se zambulló en el agua donde la pez —ya estaba convencido de que lo era— lo esperaba.

En ese momento comenzó a mirar la sala de espera desde el reducido estanque. Las marineras no eran más que pinturas costeras que anunciaban tierra. Las cuatro puertas de las oficinas y el vestíbulo se hicieron de cristal transparente, se plegaron, perdieron consistencia, se volvieron agua, inundaron el salón y despegaron del sofá las decenas de peces coloridos. No le extrañó en absoluto que los cuatro peces-oficinistas nadaran hacia él sonrientes tras licuarse las paredes de la pecera y desaparecer las del salón. Cuando el piélago inmenso los acogió sin límites, él, que no había olvidado la preocupación que lo llevara a la oficina de protección marina, experimentó cierta frustrante desazón por la sin-respuesta de los funcionarios, desazón que muy a su pesar, se fue haciendo más y más lejana, en la medida que la libertad de los otros lo invitaba a entregarse al regalo infinito de la mar oceánica. Se dijo, entonces, tras pensarlo un poco, que al fin y al cabo de algo tiene que morir un pez.

Speed

Corre, corre sin cesar. Cuando se dice corre, no se está empleando el sentido figurado del verbo, sino el sentido literal: corre. Es decir, a velocidad mayor que la normal se desplaza a todas partes. Por supuesto no nació así. Fue entrenada desde la adolescencia para alcanzar rápido las metas. Corre, lo que en un minuto existe al siguiente desaparece. Corre para comprar el artículo deseado porque nunca hay suficiente, algo que llegó también corriendo sin explicarse nadie cómo «llegan» o «vienen las cosas a los mercados». Corre tras convocatorias de empleo que anuncian con atraso los periódicos, o para presentar sus trabajos a ritmo récord, en un concurso literario, que también sale con plazo incumplible. Corre para llegar a todas partes, en tiempo, realmente en tiempo. Corre, porque si no, alguien, que corre tanto o más que ella, se adelanta. Y corre sin importarle las barreras arquitectónicas que para otros lo son, corre volando por sobre los jardines, de ser posible, o pisoteándoles si necesario; corre —esquivando a quienes también corren, para evitar una colisión traumática para ella—, empujando a los lentos, atropellando a los inmóviles, sin ningún reparo corre, sin escrúpulos, no hay obstáculo que no supere su carrera.

En la casa todo está dispuesto a su alrededor. Los espacios son como en las pistas, despejados, sin muebles en los pasillos, sin puertas cerradas, sin mesas de centro, ni mesillas para el teléfono, todo cogido a las paredes, para no andar tirando las cosas a su paso. Ella tiene bien calculadas las distancias de los giros, conoce los ángulos de las esquinas para doblar. En la ducha trota mientras se baña: es necesario mantener el entrenamiento, por otro lado, las piernas no recuerdan el reposo. Mientras come corre, es decir en el único rato que se sienta, sus pies se mueven de continuo. Es la dinámica por excelencia, la sangre fluye constantemente, su corazón mantiene un trabajo reforzado, pero no se agota, el adiestramiento ha sido paulatino, largo, imprescindible. Solo así logró cumplir sus metas: el carro que nunca necesitó, la casa y tantas cosas, en fin: el marido pudiente que resume su *confort* y que casi por segundos le gana una prima corredora. Y como todo se gana si se corre, y aunque en realidad no le queda ya nada que no tenga, corre hoy en línea recta por una avenida a medio construir —siempre elige las vías más expeditas y vacías—, pero desconoce que alguien que corre tras sus propias metas, ha violado la señal de vía en construcción y corre a toda velocidad en su auto, enceguecido por la premura, seguro, con la autosuficiencia del que cree ser siempre el primero y el único capaz de usar una calle en pésimas condiciones.

Ambos llevan su carrera en la misma dirección, aunque hacia objetivos diferentes. No se notan mientras se aproximan. Cuando el auto casi alcanza la figura que se mueve veloz, el hombre recuerda los espejismos del desierto y se asombra de las cosas de que es capaz el calor en una calle solitaria; ella escucha el sonido atronador de un motor que se acerca a toda marcha y supone que una avioneta de reconocimiento sobrevuela la zona.

En el instante que el auto golpea el cuerpo de la corredora, la mujer no se explica el brusco encontrón, el despegar del semi-pavimento; el chofer, asombrado, sin comprender la cosa que se ha interpuesto en su camino, decide corregir el rumbo para no demorar su marcha y se precipita contra un árbol que suponía no existiese, nunca hubiese previsto que la lentitud de los constructores dejara para otro día la tala del árbol en medio de una avenida en ciernes.

Mientras ambos, mujer y hombre, vuelan entre las altas grúas tras los respectivos impactos, no se inmutan en lo absoluto, era lógico que en algún momento se lograra la cúspide de la velocidad, el vuelo que permite correr en línea recta las distancias, por encima de obstáculos humanos, naturales, arquitectónicos. Solo se sorprenden cuando descubren sus mutuas presencias en un supremo segundo, antes de caer inmóviles al suelo.

La selva

La anciana intentaba subir una y otra vez al ómnibus, pero la multitud sudorosa, ávida de escapar de la ciudad y se lo impedía. La apartaban a uno y otro lado, la quitaban de en medio, casi pidiéndole permiso, pero la quitaban igual, como si la anciana no tuviese premuras o derechos, como si ser anciano y estar en el centro de la ciudad, apoyado en un bastón, fuese un acto irresponsable e innecesario que tendría que espiar irremisiblemente. Desesperada arremetió contra la turba, intentó poner el bastón y el pie derecho sobre el primer escalón, más la muchedumbre ofendida, airada esta vez, la hizo a un lado con furia. La anciana tambaleó y cayó junto a un charco, en el que chapoteó el bastón salpicando los cristales de sus espejuelos.

La vieja mujer cansada de la ciudad, se asombró de no sentir ganas de llorar, ni de pedir auxilio siquiera y decidió morirse tranquila junto al sucio charco. Entonces dos manos le llegaron entre el gentío de piernas, la elevaron por encima de las sudorosas y agitadas cabezas y la depositaron en el asiento trasero de un auto último modelo. Sin preguntar adónde la llevaba el conductor, ni indicarle su destino, recostó la cabeza al cristal, miró con pesar la multitudinaria bola humana que pugnaba por subir a la vez al ómnibus aún vacío, sonrió y se quedó dormida.

A Gabriel García Márquez

La precoz Eréndira y su abuela frustada

Si le pusieron Eréndira, fue precisamente por lo que están pensando, aunque no por simple novelería. Fue, por supuesto, idea de la abuela y con todo el afán de imitar a su símil desalmada. Pero Eréndira, para asombro de todos, nació ya hecha, con pechos y sexo de mujer, y creció mucho antes de lo normal. No se enamoró de un extranjero adinerado —como esperara la abuela para calzar su futuro—, sino de un pobre periodista con el que hacía el amor a todas horas, hasta en el vestíbulo del periódico cuando el CVP se ausentaba para tomar agua. El periodista, que le traía rosas cada noche después del trabajo y no se asombraba de su rápido envejecimiento, la cuidó con desvelo hasta el fin de sus días. Cuando Eréndira murió de vieja, la abuela, que no había cumplido los cincuenta y heredó los seis hijos varones de la nieta, notó con desconsuelo que la crisis económica solo empezaba su ascenso.

Un enorme hombre por ahogarse

Era un hombre tan grande y hermoso que si el Gran Gabo lo hubiera visto, le hubiera puesto también Esteban. Pero no era un ahogado. Era un hombre por ahogarse. Lo más destacado en toda su enormidad eran la cabeza y el corazón.

Estaba de pie no sabía cómo, aunque sí para qué, en el techo del edificio más alto del mundo.

Desde abajo todos veían la ciclópea masa extracorpórea del corazón latir cual una bomba color marrón, surcada de violáceas arterias y venas como túneles. A cada movimiento diastólico se estremecían los ventanales bajo sus pies y la gente se asustaba y retrocedía. Si balanceaba la cabeza llena de historias hechas y por hacer, llenas de gentes, de ríos, de pueblos y ciudades mágicos, de increíbles acontecimientos, todos corrían agitados como si el mundo mismo, sacándolos de su territorio se les pareciera que viniera encima. Con cada miedo contenían la respiración y como el miedo era tan frecuente y oprimía la admiración sosegada que produce fuertes y profundas inspiraciones, había cada vez más fluido vital por consumir. El enorme hombre sin miedo lo asimilaba todo. Pero ya era demasiado, aun para él. Aquel hombre estaba a punto de asfixiarse con tanto aire y tanto amor que la gente no alcanzaba a tragar. Nadie se daba cuenta. El hombre solo quería un poco más de tiempo, quizás los otros se acostumbrarán a lo descomunal y aprendieran a recoger y a soltar el diafragma con plenitud, antes de que el gran edificio, se derrumbara bajo su peso. En cualquier momento su inusual capacidad estaría a tope y entonces... ¿quién cargaría con toda la urdimbre de lo insólito? Pero el inmenso hombre que no era Esteban, ni se había ahogado todavía, tenía la esperanza de que la gente perdiera al fin el miedo y lo rescatara de su soledad antes de que fuera demasiado tarde. En eso, de entre la multitud se destacó una mujer, adelantó unos pasos decidida y pidió una grúa gigante para llegar hasta el enorme hombre, que no se llamaba Esteban y estaba a punto de ahogarse. Dijo llamarse Fernanda y no tener nada que ver con Macondo, ni con el ahogado más hermoso del mundo, pero así y todo insistió en que le trajeran la grúa para dar al hombre un beso de amor.

La muñeca negra

Juguemos a la muñeca negra, dijo él. Pero ella no quería recomenzar lo mismo de todos los días vencidos por el aburrimiento. Él sería Don Pomposo, ella Bebé, entre algunas de las vecinitas aparecería la muñeca negra. Al final accedió. Sin embargo, las hijas de Victoria estaban en la escuela. Y él se apareció con una muñeca negra de la misma edad que ella: Sandra. Ella protestó porque era muy grande y no podría cargarla ni hacer su papel debidamente. Ya bastante le molestaba ser en la realidad su creación, como él decía, y pasar horas enteras, sujeta a su antojo. La muñeca negra preguntó si ella sería la muñeca que entierran en la arena y Bebé le explicó que no, que aquella era la muñeca sin brazos de Magdalena la mala, que aquí solo sería la muñeca negra de Bebé. Y como no acababan de empezar el juego, la muñeca negra se fue a una cita con su alemán Frank. Entonces Don Pomposo dijo que ya se le ocurriría algo, y se le ocurrió jugar a ver la televisión. Bebé no quiso. A la televisión, no. No. No. No. Pero Señor Don Pomposo que era mucho Señor Don Pomposo la llevó frente a la armazón vacía del televisor, comprimió el pulgar de ella contra el falso botón y asomó su imagen sonriente detrás del cristal.

La muerte

Abrió los ojos asustado. Un golpe en medio del pecho, un latido hueco, un tamborazo, un frío gélido; abajo, algo mojaba sus piernas. Vio su espíritu subir hasta el mismo techo del cuarto. ¿Estaría muerto? Imposible. Aunque estuviera muerto no podría ver su propio espíritu. El espíritu miraba a todas partes con azoro; no miraba hacia la cama; no veía el cuerpo. Sonó el timbre del despertador. Un nuevo tamborazo en el pecho. ¡Menos mal, era un sueño! ¡Estoy vivo! Sintió que se elevaba suavemente. Abrió los ojos, y vio desde el techo su cuerpo en la cama.

Imágenes

Entraron a la habitación y él encendió el televisor. La actriz principal se desnudaba. Él dijo que era Demi Moore. Luego ella se quitó la ropa, mientras él echaba al piso los pantalones y comentaba que estaba haciendo negocios importantes. De vez en vez él miraba el televisor y la invitaba a ella a mirarlo también cuando hacían el amor. Demi Moore se tendía sensual sobre su amante. Él le sirvió un trago que ella bebió apurada, entre comentarios sobre las nalgas de Demi Moore y recordó las suyas diferentes a las de Demi Moore. Ella tenía prisa y pocas ganas, y se preguntaba qué hacía en aquella habitación con aquel hombre que no era ya el hombre que antes conoció. Demi Moore se volvía ahora de frente y enseñaba unos pechos sorprendentes o unas ¡qué tetas tiene esa Demi Moore! Ella comenzó a vestirse. Él comentó por chiste que habían empezado con la película y terminado con la película, y siguió tomando su trago, desnudo, mirando los créditos. Dijo entonces que no era Demi Moore, sino Sharon Stone. Pero ella no lo oyó porque ya estaba en la calle pensando en que le gustaría tener un trasero como el de Demi Moore.

En el río

Caminaba junto al sucio riachuelo, cuando descubrió en la orilla opuesta a los cinco muchachos compitiendo en orinar más lejos, con sus miembros semi erguidos. Cuatro de ellos eran poderosos, impresionantes, el quinto lucía pequeño, aunque no menos atractivo en el acto de la micción. Los cuatro poderosos lanzaban chorros de aproximadamente un metro, el pequeño escupía su sonoro arco líquido dos metros más allá, casi en el centro de la corriente. Cuando sintieron ruidos entre los arbustos del otro lado del río, los cuatro muchachos bien dotados huyeron hacia la calle cerrando sus pantalones. El del miembro diminuto siguió orinando con toda tranquilidad, mientras los otros le daban gritos desde la calle bulliciosa. La muchacha observaba curiosa. El del sexo breve sonreía satisfecho: los ruidos entre los arbustos continuaban.

Huida

Hacía rato que debía haber salido. Ya era tarde. Iban a llegar tarde. Ella nunca demoraba tanto. De vez en cuando echaba una mirada a la puerta, pero ella no aparecía. Arriba, tres pisos más arriba se colaba la luz del sol por la puerta abierta de la azotea. Ya la vieja había pasado con la fuente llena de ajos para pelar. Cada mañana lo mismo. Pareciera que la vieja pelara todos los ajos del edificio. Habría que darle los ajos de la casa para que los pelara también. Y ella no salía. El café en el portafolios ya debía estar frío. Hoy se rompería el ritual de llegar a la oficina y tomarlo juntos con la secretaria, porque él no se iba a tomar aquel café frío. La vieja que pelaba ajos en la azotea le hacía recordar su adolescencia, cuando su abuela también pelaba ajos durante horas y él, detrás de las sábanas lavadas, acariciaba su pene, su verga, su miembro, su palo (bueno no iba a hacer la larga lista de siempre) hasta cubrir el sol con su viril espuma. Ella seguía demorando. Quizás había decidido no ir al trabajo. Se habría aburrido de verlo a todas horas, en la cama, en la ducha, en la mesa del comedor, en la oficina. A lo mejor se había trabado la cerradura, pero era imposible pues estaba acabada de engrasar. Mira de nuevo el sol que se cuela por la puerta de la azotea. Quizás había decidido abandonarlo. Habría escapado por una ventana. Pero eso también era imposible, vivían en un tercer piso y no había escaleras de incendio. La vieja debía haber pelado ya una veintena de ajos. A lo mejor la mujer se había suicidado: se habría lanzado por la ventana o se habría ahogado en la bañera llena. O estaba sentada en el sofá mirando las puntas impecables de sus zapatos. Él pone entonces el portafolios en el suelo, mira a todas partes y comienza a subir las escaleras lentamente.

El vaso

Miraba el vaso una y otra vez. El vaso junto a la ventana. El vaso contra el sol. El vaso con una flor de hacía cuatro días. El agua evaporada marcaba líneas blancas en el cristal. La flor estaba marchita. Las flores se marchitan como la gente. Como la abuela muerta hacía cuatro días. Solo que las flores se marchitan más rápido que la gente. Los vasos no. Aquel vaso había sido de la abuela de su abuela. Tenía dibujos como nuevos en el cristal. La persona que lo pintó habría muerto desde hacía mucho. ¿Lo habría pintado por amor, por necesidad, o por puro arte? A lo mejor por las tres razones. Quizás cuando ella muriera su nieta le pondría también una flor o muchas flores en el mismo vaso. El gato subido al mueble acariciaba con la cola el cristal pintado y la miraba ronroneante. Le dijo al gato que cuando él muriera le pondría una flor en ese vaso. Mañana lo miraría otra vez, quizás apareciera una nueva línea blanca. Se levantó y fue al cuarto. El gato siguió acariciando el vaso con la cola y lo tiró al piso donde se hizo añicos.

Un pobre niño culpable

Una mujer empujaba a un niño en la Avenida 51. El niño le pedía la mano para cruzar la avenida. La madre le negaba la mano y seguía propinándole empujones. En sus ojos ira. Quizás la culpa del pobre niño fuera haber llorado durante la noche anterior, mientras los padres hacían el amor; que su padre no quisiera a su madre; o que la hubiera abandonado al salir embarazada; o que la madre hubiera tenido que perder un poco remunerativo día de trabajo para llevar al pequeño al médico, porque tenía catarro. El niño seguía pidiendo la mano y la madre empujándolo hacia la acera entre los autos vociferantes y despiadados de la avenida.

¡Hum!

Cuando el taxi-cucarachón paró, salió un tipo enorme (con aspecto de mujik, pensó) para que ella entrara. De esos que condenan a una mujer a no disfrutar la ventanilla y a sentarse con las piernas sobre la giba central del carro. Ella entró y cayó (literalmente cayó) junto a otro colosal mujik de brazos como robles, gordos, rollizos. Así quedó entre dos auténticos mujiks (ella era *fan* a la literatura rusa). Al rato, el de la izquierda comenzó a restregar, como sin querer, su poderoso brazo derecho contra el izquierdo de ella, mientras abría las piernas sin piedad, obligándola a encogerse sobre sí misma o a apretarse contra el otro mujik descortés de la derecha. Cuando ella se encaracolaba protegiéndose, el de la izquierda, simulaba amabilidad y recogía un poco sus extremidades para recomenzar el juego. «Yo no creo en Dios», dijo de repente botando hacia fuera el labio superior primero y el de abajo después, y dirigió una mirada soslayada a la mujer; el de la derecha y el chofer asintieron con un ¡hum! Ella no dijo ni pío. No podía distraerse de su batalla recogimiento-esparcimiento en medio de los dos rinocerontes. «Yo no creo en comunistas», dijo al cabo de un rato el mujik de la izquierda, levantando los dos labios a la vez, tras dirigir una mirada amenazadora a un carro de militares, detenido frente al semáforo. El de la derecha y el chofer volvieron: ¡hum! Pero ella nada. Seguía en su batalla entre piernas y brazos dinosáuricos. Por pura distracción, miró hacia afuera y se sintió atrapada dentro de una ironía superior. Por la calle un enano pedaleaba a toda velocidad en su minibicicleta. Un enano fuerte, trigueño, de brazos perfectos y musculosos. Ella sonrió. El mujik de la izquierda ya había comenzado una tercera frase: «Yo no creo en... » —quizás «en las mujeres» iba a decir—, pero en eso se percató del enano. «¡Huuumm!», dijo, y torció su cuello —si es que se le podía llamar así, a aquel tronco rojo y arrugado— en un ángulo de 360 grados; el de la derecha y el chofer hummearon también. La mujer respiró aliviada, mientras el auto seguía y las cabezas de los dos mujiks se quedaban atrás con el enano.

DJUNA

Para ella, Djuna Barnes era solo una escritora. Le gustaban sus cuentos europeos y eróticos. Con frecuencia se identificaba con sus personajes. Por eso no entendía por que en sus fantasías eróticas el marido la llamaba Djuna y no Lena o Una o simplemente Lily.

Para él, Djuna Barnes era más que su escritora favorita. Era su sex-simbol. Djuna, la Djuna arrancada de la carátula de un libro colgaba de la pared; sus penetrantes ojos, lo miraban, lo encontraban en cualquier sitio que estuviera. Hacía el amor con ella en medio de un bosque en Polonia, y la incorporaba al *Lokis*-filme que viera en el cine durante su adolescencia. Un oso enorme violaba a una mujer una y otra vez. Él era el oso enorme. La mujer: Djuna.

Ella no entendía por qué cuando Djunita nació, él rehusó mirarla después de la primera vez.

Él, desde los rincones, cuando nadie lo veía, contemplaba con horror los pelos cada vez más largos y gruesos sobre el ombligo de la hija.

CABARET

La sangre cubría el suelo y su pierna. No sabía muy bien de quién sería la sangre. Toda esa gente mareante.

China le enseñaría a aquella mujer vieja y flaca, con las tetas caídas, quién era ella. Si había ido allí a conocerla, le demostraría quién era. Le enseñaría de qué era capaz. Que no se creyera Fulvio, por muy italiano que fuera que la iba a humillar así. Las amigas que no, que dejara eso.

La primera: China. La pierna negra y torneada se la pondría encima de la mesa, luego le menearía las nalgas frente a la nariz, a ella primero, a él después, para que aprendiera.

Toda esa gente. Ese olor y ese dolor. Toda esa gente de caras sonrientes y enajenadas. Comienza el *show* y la lluvia de mujeres sale a la pista y corre bailoteando entre las mesas.

Ya lo divisa. Y a la vieja pelleja. La ricachona vieja pelleja. Ella se acerca. Provocativa. Ya llega. Ese dolor. Toca la pierna. Su mano se moja. Ese olor. Regresa y divisa los sonrientes rostros de Fulvio y su vieja. Raras sonrisas. no sabe siquiera si hizo bien su parte. Ese dolor. Esa gente mareante da vueltas sobre ella en el piso.

El banco

Había tenido un día lamentable. A las tres de la tarde sufrió una fuerte emoción al encontrar a su amigo con su pequeño hijo. Se dijo, con pesar, que no lo vería más. Para espantar la tristeza se fue a una sala de conferencias, pero en vez de cine, como ella esperaba, se hablaba de política, inacabable y furiosamente. Un profundo abatimiento la hizo abandonar la sala. Un rato después se reencontró a solas con su amigo. Él la saludó con un beso y una sonrisa, le ofreció el último cigarro y tiró la cajetilla vacía. Luego entró a una cafetería para comprar más, y ella albergó la esperanza de pasar con él el resto de la tarde y de la noche. Demoraba. Impaciente se asomó y lo vio conversar con otra amiga mientras acariciaba amoroso sus manos. Se sintió desgarrada y lamentó haberse ilusionado nuevamente. Al caer la tarde un conocido la invitó a tomar unas cervezas y conversar un rato. Pensó que era una buena manera de ahuyentar sus fantasmas y aceptó. Pero el conocido le tomó la cara burdamente, le hizo daño. Le arrancó unos besos tristes (aunque no tan desapasionados, a decir verdad) y comenzó a insistir en pasar la noche juntos. Ella solo deseaba estar en su casa, en su cama, bajo su manta pensando en su amigo. Solo el conocido la seguía invitando a más cervezas y ella se dejaba llevar. A las tres de la mañana, harta de cervezas y torpezas, le dijo que quería irse. Él amenazó abandonarla allí mismo. Ella pensó aterrada en la soledad del lugar y casi cede. Pero no cedió. Él le ofreció dinero para un taxi. Para un taxi solamente. Pero ella se negó. Le habría dado más dinero de haberse acostado con él. Ella no lo miró cuando lo dijo, no le habló siquiera. Atravesó la avenida desierta y se sentó en un banco de la parada. Pensaba si su dinero le alcanzaría para llegar a su casa en el otro extremo de la ciudad, pensaba en su cama tibia y en su amigo. El viento frío le mordía como un hombre la espalda y los brazos.

Poesía

La mujer que no iba a salir ni a entrar se afanaba limpiando el picaporte de su puerta. La que iba a salir, vivía en el apartamento del medio, y tomó presurosa los libros de Ezra Pound, Anna Ajmatova y Maiakovski que le prometiera a su madre. La que iba a llegar, y que vivía del otro lado de la que iba a salir, entraba en ese momento al edificio y se entretuvo buscando la llave antes de subir al segundo piso. La que iba a salir se torció el pie antes de trasponer el umbral de la puerta, partió el tacón derecho y dejó caer al suelo el libro de la Ajmátova, pero de esto último no se dio cuenta, ocupada como estaba en su zapato, y volvió a cerrar su apartamento. La que no iba a salir decidió limpiar el picaporte por fuera, y al abrir la puerta vio sobre el piso del corredor, delante del apartamento de la que iba a salir, el libro de poesía. Al recordar que el día anterior el muchacho del número 1 (de quien estaba muy enamorada), le había preguntado si tenía un libro de la Ajmátova, miró a todos lados, tomó el libro, cerró su puerta y bajó las escaleras corriendo. Después de entregarle el libro al muchacho escritor, se le ocurrió dar un corto paseo por la plaza. Cuando bajaba se encontró con la mujer que subía y que vivía en el apartamento de la derecha de la que iba a salir. Se saludaron brevemente. La que subía alcanzó el primer piso y decidió preguntarle al muchacho del apartamento 1 (que estaba tan enamorado de ella) si por fin le había conseguido las obras de la Ajmátova y tocó a su puerta. La que no iba a salir respiró profundamente en la calle y sonrió satisfecha. La que iba a salir continuaba mirando embrutecida el tacón roto de su zapato.

Complaciendo a ego

Liliam D, camarera con ínfulas de escritora, escribía alguna que otra tarde pequeños y frustrantes poemas que se sentía incapaz de mostrar a sus admirados poetas, a los que cada día servía decenas de tazas de café. Ellos entraban, salían, pedían otro y otro café entre cigarro y cigarro, y se leían mutuamente textos que ella intentaba imitar sin resultado. Entonces deseó con todas sus fuerzas transformarse en cada una de las famosas escritoras que habría querido ser. Reunirlas en una: ella. Incorporar todo el talento y dejar de ser Lily para ser la escritora Liliam D, y agregarse lentamente a las mesas, y a las tertulias de los escritores, y tomar sin parar decenas de tazas de café que le serviría otra Lily. Cuando los escritores recibieron la sorpresa, una mañana, de asistir a una Lily-representación consecutiva de la Avellaneda, George Sand, Marguerite Durás y Luisa Pérez de Zambrana, alabaron las dotes histriónicas de su camarera y le propusieron presentarla a un director de teatro. La decepción desplazó el sueño de Lily D esa noche, y la siguiente, y la otra. Su madre al oír los fragmentos de poemas y novelas que en incoherente orden salían de su boca, y contemplar las ojeras profundas que rodeaban sus ojos, negados a ver una taza de café otra vez, decidió llevarla al psiquiatra.

Lily D fue internada de inmediato. Su psiquiatra, fascinado con el caso, pasaba mañana, tarde y noche conversando con

43

todas las autoras que albergaba la ex-camarera. A veces era poseída por una poetisa, otras por una novelista, en ocasiones entraban dos a la vez y se disputaban el cuerpo de Lily D. Él tomaba notas de todo cuanto acontecía y disfrutaba oralmente de las mejores obras de la literatura femenina universal. Una tarde entró al dormitorio, y encontró a Lily D vestida de otro modo conversando con la habitual Lily D. Mucho gusto, doctor, Virginia Woolf, le dijo la nueva Lily D. El Doctor P sin salir de su asombro, terció en la charla de las dos mujeres y no abandonó el dormitorio hasta muy entrada la noche. Los días siguientes el cuarto se fue llenando con nuevas Lily D. Así que lo mismo podía conversar con Lily D- George Sand en un sillón, con Lily D-Virginia Woolf en la esquina de la cama, que con Lily D-Gertrudis Gómez de Avellaneda en la silla de hierro. Ya no habría disputas, le dijeron. Pero lamentablemente, la concurrencia fue aumentando y ya el doctor P no daba abasto con tantas eruditas interlocutoras. Una mañana, bien temprano, antes de que llegaran las otras, habló a solas con Lily D-ex-camarera. ¿Cómo lo has hecho, Lily?

Al caer la tarde, después de entregar a la doctora C toda la documentación del caso Lily D, al cual, inexplicablemente para todos, había renunciado, el doctor P, músico frustrado, abandonó el hospital y se fue andando. Por el camino, la idea obsesiva de haberse convertido en psiquiatra y no en músico como siempre había querido, comenzó a tirarle como cuerda de los pensamientos y los labios. Cuando llegó a su casa ya había repetido cerca de mil veces los nombres de Armstrong, Mozart, Gillespie, Vivaldi y muchos, muchos más.

Por la noche el doctor R que servía en la guardia, atendió la llamada de la alarmada esposa del doctor P. Dos minutos después comenzó a llenar los formularios para proceder al ingreso de su colega el doctor P quien repentinamente enloquecido, simulaba ser desaparecidos genios de la música y quería vender la casa, para comprarse una orquesta de jazz-sinfónico. Mientras el doctor R (que aún no sabía que ése era sólo el comienzo y que solo al día siguiente iba a necesitar varias ambulancias para el doctor P) escribía, y trataba de explicarse, sin resultado, el abrupto cambio de su colega —en apariencia sano hasta el momento —, sintió cerrarse la puerta del pabellón de las mujeres, levantó la vista y vio a la doctora C, aborto de cantante lírica, subir a su auto, acomodar sus paquetes en el asiento trasero, y comenzar a entonar, antes de encender el motor, la *Aída de Verdi* con la excepcional perfección de María Callas.

ABURRIMIENTO

Después del espectáculo, una de ellas dijo tener gorrión y la otra mal humor. Elvira las invitó a tomarse unas cervezas para animarse un poco. Ellas se sintieron algo incómodas porque al fin y al cabo era el cumpleaños de Elvira y debían haber invitado ellas. Pero como con frecuencia ocurre entre escritores: no tenían dinero. Y como el gorrión y el fastidio persistían, aceptaron. Tras mucho no decidirse sobre ningún lugar, caminaron silenciosas. Al rato Elvira propuso irse al bar de las putas en la calle Egido, a ver si las confundían con unas jineteras y se divertían un poco con el equívoco. Elvira era muy blanca con el pelo negro y corto; las otras dos rubias. Seguramente pensarán que estamos buscando extranjeros o que somos lesbianas, comentaron y rieron. Se sentaron a una de las tres mesas vacías, como habituales del lugar. Poco a poco las mesas aledañas se llenaron de extranjeros. Pero ninguno de ellos les dirigió ni una mirada. Así que comieron sus pizzas y se tomaron sus cervezas con toda tranquilidad y aburrimiento, intercambiando algún que otro comentario sin mucho interés. En el bar tres negros se meneaban en sus banquetas al compás de la música, sin quitar la vista de las tres mujeres aparentemente extranjeras.

La puerta

Nadie podría culparla por querer cerrar las puertas. Ni decirle que estaba loca por querer poner fin al absurdo. ¡Ni internarla otra vez! A lo mejor solo querían su chequera. Si a Juan se le ocurría volver a abrir todas las puertas a la vez, habría que imponer un poco de cordura y ya no sería su culpa, sino de él. Habría que cerrar, de un portazo, así: ¡pam! Aunque ella sabía que sería: ¡pam y pam y pam y pam y pam y pam y pam, interminablemente pam!, hasta que se fueran perdiendo a lo lejos los sonidos. Entonces podría respirar tranquila.

Nadie sabía lo que era estar frente a aquel sinfín de puertas golpeando con el viento, o verse a sí misma de pie, repetida contra la luz gris de la tormenta, sujeta a los marcos, intentando agarrar todas las hojas que querían entrar a la vez y detener los aleteos incesantes de cientos de mariposas de madera que embestían los muros. Un túnel de salidas se abría ante ella y la última se perdía en el horizonte. Pero Juan salió y como siempre dejó la puerta abierta. Mientras el tiempo transcurría más puertas iban abriéndose. Y ella no podía estarse ahí, dándose balance, viendo cómo la casa se llenaba de toda la basura que entraba de la ciudad, y como en cualquier momento la propia casa se iría por las puertas. No, no le quedaba otro remedio que levantarse y cumplir con su deber. Lo sentía por los vecinos que comenzarían a protestar contra los ruidos. ¡Al fin y al cabo ninguno sabía lo que era estar sola con tantas puertas abiertas sin poder salir de su miserable vida! Así que se levantó y: ¡pam!

Abandono

Estaba de pie. Lo miraba, le hablaba y él no respondía. Se cansó de hablar sola y le trajo el almuerzo. Él continuaba metido en el ordenador, sacando la mano derecha de vez en cuando para llevarse, sin verla, una cucharada a la boca. ¿Sabría al menos lo que estaba comiendo? ¿Sabría en realidad que ella estaba frente a él de pie? ¿Creería que ella realmente existía? Sacando la cuenta, hacía más de un mes que no se hablaban y más de dos años que no sostenían una conversación completa y que no hacían el amor.

Por la tarde, ella, como siempre, estaba en la cocina; él, como siempre, frente al ordenador.

Cuando los niños llegaron, ella se quitó el delantal, los agarró de las manos y se fue nadie sabe adónde.

Una mañana el hombre no pudo mover los dedos para pulsar las teclas. Miró a todos lados y lo asombró la única presencia de los muebles, aguzó el oído y no percibió los pasos de la mujer ni sus cacharreos en la cocina, intentó llamar pidiendo auxilio, pero sus labios no se abrieron. Entonces, vencido, miró la pantalla del ordenador, donde las letras se movían enloquecidas por el repentino reposo, y dejó caer la cabeza sobre el teclado.

Espera

Una mujer quería reencontrarse con su amante. Como era una mujer había otros hombres pendientes de ella. Ellos la llamaban por teléfono y le hacían citas que ella incumplía, la asaltaban en la calle, le mordían las orejas en las esquinas y la abrazaban ferozmente para seducirla en un rapto de erotismo. Pero ella se desprendía indiferente y corría a su casa a esperar la llamada del amante de la única vez, que no la llamaba. Entre cigarro y cigarro, café y café y chicharritas y chicharritas (no comía otra cosa) que tragaba, soñaba con la pradera que él soñó y le dijo, mas el amante no apareció en el sueño como había prometido, a pesar de que ella era experta en toda índole de onirias. Agotó las argucias de la fuerza del pensamiento y cayó en trances deshumanizantes. Se exprimió los ojos frente al teléfono y consumió su potencial telepático y telequinésico sin lograr traer la voz amada. Al cabo de unos días, al límite de sus fuerzas, puso el teléfono sobre su pecho y se durmió profundamente. Esa noche el amante de la única vez decidió llamarla y desistió del intento al centésimo timbrazo.

Viaje con ranchera y tipo en el cristal

¡Y en el tren viajar con una mujer que iba a encontrarse con su novio que cantaba en un trío mexicano! Un trío mexicano de cubanos. Ella quería dormir y la mujer quería hablar de su novio mexicano y de sus continuas separaciones y de la tristeza y el llanto mexicanos —de fondo ranchera grabada por el trío mexicano del novio de la mujer—. ¿Y tiene pilas la grabadora? ¡Oh, sí, yo soy incapaz de viajar sin ella! Era lo único que lo unía a él cuando estaban separados: su voz, el recuerdo.

Quería dormir y olvidar el viaje infructuoso porque el libro de la amiga que debía presentar no pudo salir. Imprenta rota. Y no pudimos avisarte. Y olvidar el hotel con un fabuloso aire acondicionado que no podía graduarse porque estaba pegado al techo —¿a salvo de manos destructivas?— y que la obligaba a congelarse por toda la noche o a empaparse en sudor después de desconectado. Y el bañarse apresurada con un cubo —de limpieza dudosa— porque no había agua en la llave, casi nunca. Quería también recordar las agradables noches en el parque con los amigos y el parque con los amigos en las noches, y los amigos en el parque en las noches; y las cenas con los amigos y la despedida de los amigos. Pero aquella mujer con las rancheras y las historias del novio no la dejaba ni dormir, ni recordar, ni olvidar.

Finalmente, harta —la mujer de las rancheras— de no poder entablar una conversación con fondo musical idóneo, se fue a otro vagón a conversar con su amiga ferromoza, acompañada de una nueva ranchera con sabor insular. Pero entonces el policía. Que se corra, que se va a sentar. Que su amiga se fue a otro vagón a hablar con otra amiga, la ferromoza. Que no es mi amiga. Y se corre y queda acorralada entre el humo incesante del cigarro del policía y la ventanilla cerrada, porque el viento le molesta a la señora del perrito escondido en el bolso que viaja en el asiento de atrás.

Se levanta. Se libera del policía, de su cháchara, de su humo, y se aventura en un antro odorífero y oscuro. El baño. Necesita liberar los dos litros de agua bebidos para no verse obligada a conversar y para poder deshacerse, desconectarse, de la novia del cantante del trío mexicano. ¿Dónde apoyar las manos, de dónde sujetarse? Piensa en la puerta sin cerrojo y se ase a ella cumpliendo un doble fin. Hay cucarachas le dijeron. Cierra los ojos, localiza con el pie la base del inodoro. Se agacha apenas y orina como en un sueño, mientras un sospechoso y multitudinario deslizar de minipatas —supone— la hace pensar y conformarse, y volver a pensar en las cosas con las que una se conforma cuando no queda otro remedio. Nunca conoció el aspecto del lugar donde pasó el rato más aliviador del viaje. Sin tocar las paredes sale y respira.

El policía se cambió de asiento. En el suyo no hay nadie, observa con alivio. Se vuelve hacia el cristal desde donde la mira insistente el guardia del asiento delantero. Ella le sonríe por cortesía y cierra los ojos. Sin saber por qué los abre para sorprender al guardia mirándola. Pero el guardia no se inmuta y le sonríe ampliamente desde el cristal. Ella saca del maletín, apoyado en el piso, el portafolios con sus cuentos y lo recuesta al cristal. Fin de las miradas. Se duerme.

El golpe del portafolios contra su pie la despierta. Recuerda y mira con el rabo del ojo el cristal. Pero el guardia del asiento delantero duerme. Suspira. Se duerme otra vez y sueña con los amigos que quedaron en la ciudad de provincias. Un empujón la despierta. Déjame pasar. La mujer del novio del trío mexicano con una ranchera a cuestas. Tras un rato de asentir con la cabeza a las reflexiones de la mujer del novio... se duerme y sueña con una película de Pedro Infante. Despierta. Tu amiga la de las rancheras se bajó en Campo Florido, le dice el policía otra vez sentado a su lado. Y no se quiso despedir para no despertarte y porque a ella las despedidas la matan, la pobre con el novio en La Habana. ¡Y ese trabajito que tiene! ¡Debe acabar por ahí!, dice el policía, quien seguramente quisiera cantar Y ACABAR también en un trío mexicano.

Ella no puede más y mira por la ventana, pero choca en el cristal con la mirada del guardia del asiento delantero. La invita a desayunar cuando lleguen, ya falta poco. ¡Doce horas!, comenta la sonrisa en el cristal. Y ella que no, que está muy cansada. Gracias. Pero la sonrisa a veces estampada de palmitas, a veces de viejos edificios de la ciudad, la mira incansablemente, la acosa imborrable desde su cristalina transparencia hasta que llegan.

En el andén, cansada, maletín al hombro, calcula las cuadras que le faltan para llegar hasta el parque de la Fraternidad y subirse a un taxi viejo de los que van por la avenida 41. Tan cansada, que decide suicidarse para estar bien segura de que nunca más hará un viaje como este. Se electrocutará en la cocina. Pero luego recuerda que lo más probable es que no haya luz y desiste. Al fin y al cabo, no vale la pena. Recuerda a la mujer de las rancheras y al hombre en el cristal y sonríe. Entonces decide escribir un cuento.

Ramos de barrio

Armaba ramos con flores de barrio: jazmín de cinco hojas, galán de noche, mar pacífico, encaje de la reina, flores de Pascua, gardenias, rosas rojas y rosadas de jardín, platanillo, buganvilias, alegres marilope, florecillas de flamboyán, que tapizaban las calles. Los armaba y regalaba a las mismas amigas que, de niñas, recogían como ella puchas de rositas rojas y rosadas de barrio y las ofrecían a las madres y las abuelas el segundo domingo de mayo, y a las maestras en su día. Pero ya no, ya nadie hacía eso. El Día del Maestro, los niños desfilaban frente a su casa, en dirección al colegio, cargando celofanes repletos de espigadas gladiolas y príncipes negros, mientras pisoteaban las humildes flores desprendidas de parterres y jardines, y las que pugnaban, aún erguidas, por sobrevivir a la barbarie.

También le gustaba ofrecerlas a los viejos amantes que las robaron en otros tiempos para ella, aunque sabía que eran viejos de sentimientos maniatados. Las recibían, claro, todos las recibían. Pero ella advertía sus miradas extrañas, desconfiadas. Ya nadie armaba ramos de flores de barrio. No podía abandonar su tarea, ¿qué sería de los sueños de antes, si todos se dedicaban a invertir sus ahorros en costosos ramos? ¡Hasta del extranjero —le habían dicho—algunos, los más pudientes, mandaban a buscar flores exóticas! ¿Qué sería de los nuevos enamorados?

Eso pensaba mientras armaba su ramillete del día. Esta vez lo pondría en su casa. Lo dedicaría a su soledad. Esa mañana había descubierto, decepcionada, algunos atados muy recientes en el latón de basura de la cuadra. Los jazmines de cinco hojas de la noche aún estaban frescos en la mañana. Lloraba mientras unía tallos. Entonces pasó el hombre, la miró y se detuvo junto a ella, se agachó y comenzó también a recoger marilopes amarillas. ¿Había visto a este hombre antes? Luego el hombre robó marpacíficos asomados a una cerca y recorrió la manzana reuniendo flores de barrio que ofreció a la mujer. La mujer sonrió, tomó la pucha multicolor de las manos venosas y resecas del hombre, puso la suya, atada con una cinta, en la basura —entiéndase, la puso—, para que acompañara a los ramos despreciados, tan solos, y se fue a dormir un rato con profundo alivio. Tuvo sueños increíbles donde el hombre de las manos venosas le ofrecía cada día un hermoso ramo de jardín, y el suyo en la basura se besaba apasionadamente con los otros tirados por el desamor.

Mientras ella dormía, el Stanford de los vecinos se escapó, asomó su hocico al latón y olisqueó un marpacífico con aroma a hueso descompuesto, lo haló, sacó el ramo entero que olía a manjar prohibido y lo engulló de un bocado.

Doblar la esquina

Cada tarde cuando llegaba del trabajo corría a la cocina. Frente al fregadero: la ventana. Más allá de la ventana, a solo unos veinte metros: otra ventana. Él tenía la costumbre de sacarse la camisa y dejar el torso al descubierto, así frente al aire fresco que entraba por allí y permanecer agarrándolo durante unos minutos. Ella lo disfrutaba. Manuel no llegaba hasta más tarde. Era un torso perfecto. Estaba loca, completamente loca. ¡Enamorarse del torso de un hombre sin ver jamás su rostro! Había tratado de localizarlo varias veces, pero de nada le servían una ventana trasera y un torso dentro de una camisa. Luego él desaparecía y ella, cuando terminaba en la cocina, iba a ducharse, a desprenderse el olor que le dejaban el camello y la grasa de la cocina. Manuel llegaba, se sentaban un rato los dos en el balcón y empezaban a hablar de lo mismo de todos los días. Cómo te fue, qué hiciste hoy, qué tal tu jefe. Estoy muerto, quiero comer y descansar. El domingo vamos al cine, qué película pondrán.

Él se asoma al balcón de su apartamento. Casi llega tarde esta vez. Allí estaban las piernas blancas, metidas en las mismas chancletas de goma de todos los días. Hoy cruzadas. Solo podía ver las piernas, el toldo de lona le impedía ver el resto de aquella mujer. Esta tarde, el otro hombre estaba delante y por momentos le ocultaba las hermosas piernas blancas. Él se sentaba a fumar, a deleitarse con los movimientos. Ella, generalmente, era una mujer tranquila, pero hoy, la pierna derecha sobre la izquierda no cesaba de moverse arriba y abajo. Estaba ansiosa. Él se había inclinado muchas veces hasta tocar el piso con su rostro, para tratar de ver el de aquella mujer, pero nada, el toldo siempre allí, tan bajo, le impedía verlo. Al rato se levantaba decepcionado. Un día de éstos iba a entrar al edificio —ya tenía localizado el apartamento— y la buscaría.

Una mañana se descubrieron en la parada. Se sintieron atraídos de inmediato. Pero no ocurrió nada. Días después, ¡qué casualidad, siempre coincidían!, empezaron a ocupar sus pensamientos el uno con la imagen del otro, pero sin dejar de soñar en las tardes con sus visiones de la ventana y el balcón.

Un día él le regaló un gladiolo. Otro se citaron a tomar helado. Solo a tomar helado y a descubrir que tenían tantas cosas en común.

Al fin un mediodía se encontraron en el apartamento de él para tomar café. Él le ofreció un trago de ron que quedaba en la botella, un trago que la botella siguió pariendo no se sabe cómo. Al rato, sin darse cuenta se besaban en el sofá. Después la cama del cuarto los acogió en la penumbra de ventanas cerradas y cortinas corridas. Ella no pudo evitar recordar el torso de la ventana y él por momentos soñó que acariciaba las eróticas piernas del balcón. No obstante, disfrutaron mucho sus caricias. Por ratos olvidaron las imágenes. Parecía que nacía un amor o una pasión al menos. En el sosiego del sudor conversaron un poco. Se asemejaban mucho. Parecía que algo iba a salir de allí. De repente ella miró la hora. Tenía que irse ya o no llegaría a tiempo, quizás hoy él se agachaba y ella lograba verle el rostro. Se vistió. Él abrió la ventana, para que entrara un poco de aire fresco. Ella miró a través de las persianas, pero el apuro no le dejó ver la cortinita de tomates en la ventana de su cocina, ni siquiera ver que aquella era la ventana de su cocina, unos metros más allá.

Él la despidió aprisa. Bebió un vaso de agua. Después de unos minutos fue al cuarto. Contempló la cama. Quizás eso significara algo. Se estiró frente a la ventana abierta como siempre hacía. Se bañó. Se sirvió otro trago y se sentó en su balcón a esperar.

Mariposas muertas

Todos los días subía rápido hasta el segundo. Luego, del segundo al tercero, sigiloso, el oído atento a cualquier ruido proveniente del apartamento 4. Si sentía algo, deshacía el camino a la carrera y se quedaba en el parque hasta que el padre llegaba del trabajo. Si no se escuchaba nada, absolutamente nada, ningún ruido amenazante, aparte de la música, también a la carrera volaba entre el tercero y el quinto, así y todo, una vez el del tercero salió como del aire y lo agarró por el brazo con la insistencia de la colección de mariposas, pero a él no le gustaban las mariposas muertas, ni el biólogo, y logró zafarse. Su madre siempre lo reprendía porque sudaba la ropa. ¡Un asco! ¡Que muchacho!

Cada tarde entre las cuatro y media y las cinco, el biólogo ponía *Sueños de Amor* en la reproductora; se arrimaba a la puerta; pegaba la mejilla a la madera suave, pulida; primero sentía a la mujer del sexto, ágil y joven, tocar apenas los escalones con las puntas de sus tenis; luego la del quinto subía lenta, confiada. En la mano izquierda el álbum de la colección de mariposas esperaba; en la derecha, restos de escrúpulos luchaban por no hacer girar el picaporte. Él sentía los pasos ligeros, temerosos, llegar hasta el rellano; imaginaba acechante el ascenso; entonces empezaba a sudar y a respirar agitado, las yemas de sus dedos temblaban, se estremecían, era el momento de concentrarse en el recuerdo táctil, solo en el recuerdo táctil de aquella piel suave, en Liszt y en su álbum, y respirar profundo y deshacerse solo, con su erotismo culpable, mientras la vida se le escapaba dos pisos arriba.

Un crimen pensado

La mujer hacía varias noches que no dormía, ni con Bach, ni con Straus, ni con Mozart, ni con Chopin que entre todos sus clásicos preferidos era el más sedante para ella. Se levantó ojerosa por la mañana. La mujer no era una mujer de insomnios, por tanto, estaba literalmente destruida. Ahora en realidad lo que necesitaba era un *allegro de Vivaldi* para espabilarse, para animarse, para espantar de sí las ideas oscuras y la más oscura de todas era que su marido la mataría con premeditación.

Sonó el teléfono y ella dudó entre atender o no. Dio varias vueltas y al fin lo hizo. Nadie respondió. Era él. Seguramente comprobaba si ella estaba en la casa. Unos instantes y abandonaría su oficina por la puerta del fondo, tras cerrar ruidosamente la del baño. Llegaría a la casa, la asesinaría de cualquier manera, y lo revolvería todo para aparentar un robo. Todo esto le tomaría unos veinte minutos. Luego regresaría a su oficina por la misma puerta trasera, se introduciría en el baño silenciosamente y descargaría el inodoro para que lo oyera su secretaria. Saldría, se asomaría al cubículo de la observadora secretaria y le preguntaría si lo había llamado alguien. Conociendo como conocía a su marido sabía que sería así, él no podría tolerar la recién descubierta presencia de otro hombre en su vida. Sonó el teléfono nuevamente, y nuevamente dudó entre atender o no. Volvió a dar varias vueltas aturdida, al fin respondió. Del otro lado: silencio. Esta vez no pudo soportarlo. ¿Para qué se empeñaba en ponerla nerviosa si al final ya había resuelto matarla? Encendió un cigarrillo y decidió llamarlo a la oficina. No utilizó el celular, la secretaria, que acababa de llegar, le dijo que el esposo al parecer no estaba en la oficina.

Nerviosa llamó al otro; tenía que consultarle qué hacer. Se amaban. Ya habían previsto cómo resolverlo todo: el divorcio, el enfrentamiento con la gente. El otro era un amante tierno y amoroso, comprensivo protector, cuidadoso. Él sabría qué hacer. Pero el celular timbraba infinitamente. Llamó a la secretaria del otro. El jefe estaba ocupado en el baño. Ella sabía lo que eso significaba. ¡Caramba, con su tormento había olvidado que tenían una cita! Se vistió rápidamente y se dirigió a casa de su amante, así podría confesarle sus inquietudes con lujo de detalles y recibir un poco de amor y consuelo.

Al llegar, le llamó la atención la puerta abierta. ¡Dios, habría su marido...! Desesperada, salió del auto, atravesó el portal de casa de su amante y lo llamó a gritos. Dentro reinaba el desorden absoluto. Tal como ella lo imaginara solo que la víctima era el otro ¡No era posible! Despavorida, subió a los dormitorios rugiendo su nombre y, a punto de caer en una crisis de histeria, lo halló tendido a la entrada de su cuarto. Los ojos muy abiertos la miraban fijamente y no pestañearon cuando sonó el fogonazo. Ella cayó de espaldas, rodó por las escaleras y quedó en el rellano.

Veinte minutos más tarde, el otro entraba a su oficina por la puerta trasera, se introducía en el baño silenciosamente, descargabacon gran ruido el inodoro, salía y asomaba su rostro sonriente y aliviado al cubículo de la secretaria para preguntarle si alguien lo había llamado.

Treinta minutos después, el jefe del departamento, llegaba de un encuentro con su amante, y era arrestado en su oficina como sospechoso del asesinato de su esposa en casa de su amante, el jefe de sección.

Orejas para una modelo enamorada

Había nacido sin orejas. Este defecto no le traería inconvenientes los primeros años de su vida. Pero cuando empezó a comprender el significado de las palabras, y el cifrado de toda la gama de las miradas humanas, otro gallo cantó. El uso de la razón le develó su desdicha a toda plenitud.

Mientras algunas muchachas exhibían sus pequeñas orejas adornadas para resaltar el encanto, y otras las enmascaraban por demasiado grandes, puntiagudas o abanicadas, tras largas melenas y pañuelos de todo tipo, ella usaba las mismas melenas y los mismos pañuelos para ocultar la ausencia de las suyas.

Hubiera querido tener las mayores orejas del mundo en lugar de aquellos ofensivos agujeritos por los que entraban los sonidos con abrumador estruendo, como inclementes ráfagas.

Según fueron pasando los años peor se hacía su ultraje, la irreverencia de los otros. Los tristes días de primaria nunca fueron comparables a los de secundaria o a los de la universidad, y mucho menos a los de su vida profesional, en que por temor a que espantara algún cliente en una corrida de pelo, quedó relegada a las plazas de oficina. En la medida que crecía su belleza se agudizaban sus problemas. Por un lado, se veían frustradas sus ansias de llegar a ser modelo, para lo cual reunía todas las características —orejas aparte—; por otro, los hombres la asediaban sin fin, hasta que descubrían cualquier tarde, entre beso y beso, la falta del lóbulo flexible y sensual y huían espantados.

Una amiga le habló de cierta operación. Su novio era cirujano. El trasplante podría hacerse en cuanto apareciera un par de orejas anatómicamente compatibles y empatables a su cara. Tardó dos años en decidirse. La operación conllevaba sus trastornos: una larga recuperación, que la alejaría de su trabajo por dos meses; una buena dieta, que la haría invertir mucho dinero. Ella, por tanto, tendría que buscar la manera de ganar lo suficiente para poder lograr todo lo anterior. Al fin, impelida por la soledad y los deseos de cortar algún día su cabello al centímetro —envidiaba las recortadas cabezas de las modelos de cierto modisto de renombre internacional, del cual estaba además perdidamente enamorada, y que hacía trajes de corte espacial—, comenzó a duplicar su norma de trabajo y se contrató en las noches como custodio. Al cabo de nueve meses, exhausta, famélica y soñolienta llamó a su amiga para decirle que estaba lista. Se hizo entonces todos los exámenes y se dispuso a esperar, sin abandonar su doble empleo, ni sus sueños de amor y profesión. Pasaron todavía algunos meses, ella no perdía la paciencia y contemplaba en las noches la foto de su amado rodeado de rutilantes jóvenes. Pronto sería una de ellas. Pero no resultaba fácil encontrar dos orejas compatibles. El cirujano las quería de accidente y de esta manera era poco frecuente que las orejas quedaran sanas o que estuvieran las dos. Al fin, cuando ya creía que su esfuerzo solo le había servido para abrir una cuenta en el banco, le llegó el aviso.

La mañana que salía hacia el hospital, dudó unos instantes, ¿estaría realmente decidida a cambiar su vida? Finalmente se dijo que sí, salió y cerró la puerta, o mejor: dio un portazo, espantaba así toda la tristeza del pasado, otra sería la mujer que la traspusiera nuevamente.

A los dos días, su cabeza vendada, descansaba en el respaldo del sofá frente al televisor. Reposo y buena alimentación, nada de andar por la calle, ni trepada a una guagua, ningún riesgo que hiciera fracasar tan exitosa cirugía. Tendría todo el tiempo del mundo para leer, ver televisión y soñar con su amor, el renombrado modisto de la copiosa melena. Sépase, además, que sus aspiraciones eróticas y profesionales no se basaban en una mera utopía, hubo un tiempo en que el famoso estilista la invitara a salir y formar parte de su cuerpo de modelos. De momento encendió el televisor y comenzó a soñar con sus orejas trasplantadas y a verse en el rostro de todas las comentaristas de noticias, en las sonrisas adornadas por aretes de todas las cantantes. Luego anunciaron un desfile de las últimas confecciones de su adorado, con la deslumbrante noticia de que pagaría increíbles sumas a sus modelos de nuevo look. Se hizo la música. ¡Cuánto había soñado ser una de aquellas muchachas, lucir los trajes que él creaba, dejar resbalar por su silueta sus ojos complacidos! Comenzó el desfile. Ella se acomodó mejor, acarició con suavidad los bultos bajo las vendas. En la pantalla aparecieron las muchachas, las piernas delgadas se adelantaban una a otra, entrecruzándose; serpenteaban por la pasarela los divinos trajes acerados; sus cuerpos ceñidos y elásticos dominaban las miradas; los pechos casi al descubierto o totalmente tapados se empinaban apenas; arriba, las brillantes cabezas, absolutamente mondadas, lucían con petulancia los espacios vacíos donde antes estaban las orejas.

Oscuridad

Desde hacía algunos días se encontraba en la penumbra de la escalera con un hombre que ocultaba su rostro, no así sus ojos. «Misterioso», clasificó, pero ya de ése tenía cincuenta. Los había tenido de todos los tipos, tamaños y edades, de todos los credos y filosofías, de todas las razas y colores elementales, menos verde o azul. Pero en esto último no pensaría, salvo que se inventaran por fin los viajes intergalácticos. En realidad, sentía cierta torturante y morbosa atracción por un imaginario hombre azul, e inconscientemente leía cuanto podía acerca de las características físicas de los habitantes de otros planetas y galaxias, pero poco o nada descubrió sobre la existencia de extrarrestres azules.

Esa noche, como todas, volvió a encontrarse en la escalera con el hombre de rostro oculto y fulgurantes ojos. Él tropezó con ella (¿a propósito?), de repente extendió su mano enguantada y le entregó un voluminoso paquete para luego desaparecer tras el recodo.

Ella entró a su apartamento; encendió la luz y descubrió el contenido del paquete. Se trataba de más de cien cajitas de preservativos furiosamente azules. Los miró con escepticismo y perplejidad. Fue a su libreta de clasificaciones pasivas y donde antes decía «misterioso», escribió: «loco». De ésos ya tenía diez. Luego tiró a la basura la caja de preservativos azules y cerró la puerta.

Crónica de un amor incógnito

La amante se sentía feliz, orgullosa, satisfecha; el presidente pasaba con ella cuatro noches a la semana, de lunes a jueves, en la casa B, cuando el trabajo se lo permitía; los fines de semana los dedicaba a su familia en la casa A. La amante se sentía reconocida aunque estuviera de incógnito; todos la respetaban: la guardia del presidente, los choferes que la recogían por las tardes en el apartamento de lujo que el presidente le había regalado, la servidumbre de la casa B, en especial Rina, la jefa de cocineros que era su aliada y le contaba las desavenencias entre el presidente y la Primera Dama, y que a su vez le eran contadas por uno de los choferes del presidente del cual era amante, y que estaba casado en la casa A con la camarera de la Primera Dama. Además de estos personajes y de algunos muy íntimos amigos del presidente que se reunían con ellos alguna que otra noche en la casa B, a la amante no le estaba permitido ser reconocida en su encubierta categoría, por nadie más, o POR NADIE MÁS. Este incógnito le proporcionaba una gran ventaja sobre la Primera Dama. La amante recorría las calles con total libertad; iba de compras; se permitía coquetear con algún que otro enamorado ocasional, muy discretamente, pues se sabía vigilada por el cuerpo de seguridad del presidente; conocía todos los pasos de la vida pública del presidente con la Primera Dama; sabía lo que el pueblo opinaba de él, y se enteraba de los supuestos chismes que la gente corría como que el presidente tenía una amante rubia y delgada, con la que pasaba los fines de semana lo cual irritaba sobremanera a la Primera Dama. El equipo del presidente se las ingeniaba para desinformar. La amante se burlaba a solas de la gente corredora de bolas y se iba a su apartamento de lujo a disfrutar de su ventajosa posición.

Una mañana la amante abrió el periódico y quedó «muerta» al leer en primera plana sobre el tremendo escándalo que la Primera Dama había levantado en torno al presidente. La Primera Dama acusaba al presidente de atentado a la moral de la familia y de su pueblo, y de desatender sus obligaciones hogareñas por pasar todo el tiempo entre el trabajo y una amante. A la amante se le erizaron todos sus vellos trigueños. ¡Menos mal que había sido obediente al respetar las reglas de su incógnito! Más abajo decía: «Primera Dama ofendida pide divorcio al presidente». La amante decidió esperar los acontecimientos, de seguro el teléfono sonaría sin parar todo el día: el presidente, Rina la jefa de cocineros, el presidente y el presidente. Vería la televisión y esperaría tranquila las noticias. Pero nadie llamó. Había que reconocer que ser la amante del presidente no era cualquier cosa, él sabía cómo proteger a los que amaba para no involucrarlos en el escándalo. La amante pensó que, si ser la amante del presidente era algo muy bueno, cosa mejor sería ser la Primera Dama, debía comportarse a la altura de los acontecimientos, no se olvide que estaba jugando en Grandes Ligas, ya le llegaría el momento de entrar en acción y ocupar su merecido lugar cuando hubiese pasado el escándalo. Se acostó temprano y se durmió después de tomar tres tabletas de sedantes.

Al amanecer arrebató el periódico de manos de la sirvienta y encontró en primera plana una foto de la excitadísima Primera Dama —estampa de la virtud ofendida y flagelada, de la fidelidad traicionada—, aferrando con una mano a su hijo menor y esgrimiendo en la otra un paquete de fotos que, según decía el pie, habían sido tomadas al presidente y a su amante en la terraza sur de la Casa B, durante sus amorosos encuentros.

¡Dios, se acabó el incógnito! Ahora tendría que salir a escena a defender su moral y la del presidente, eso retrasaría muchísimo sus planes futuros. Más abajo leyó: «Primera Dama pide renuncia del presidente, por inmoral. Repudio del pueblo hacia el presidente». La amante se apretó con las dos manos los muslos redondos, estaba algo pasadita de peso, se levantó y se dirigió al cuarto. Allí llenó dos maletas y las puso junto a la puerta. Si la cosa no mejoraba se trasladaría a donde nadie la localizara y pondría en venta el lujoso apartamento que el presidente le había regalado. Si era algo grandioso ser la amante del presidente, y cosa mejor ser Primera Dama, no lo era así ser la esposa de un Don Nadie repudiado como presidente. Dio órdenes a la sirvienta de que no la molestara si el presidente o Rina la jefa de cocineros la llamaban. Seguro que hoy sí iba a arder Troya y a caerse el teléfono. Pero el teléfono no sonó. Se acostó muy tarde y no pudo dormir a pesar de los cinco sedantes que tomó.

A la mañana siguiente se levantó ojerosa, bajó al primer piso y sacó ella misma la prensa de su buzón. En el elevador abrió el periódico y se tragó la foto del presidente y su amante delgada y rubia, besándose en la terraza sur de la Casa B. No tuvo que leer el pie de foto. La amante quedó sin habla. Casi sufre un ataque de asma, aunque nunca había padecido de asma. Más abajo entrevió una declaración de la Primera Dama que tampoco le interesó leer.

La amante incógnita, más incógnita que nunca, entró a su apartamento, decidió salir de su ofensivo incógnito, guardó las maletas en el cuarto, y se sentó frente a su PC a redactar para el periódico una carta donde acusaba al presidente de atentado al pudor y abuso de poder, y pedía ser indemnizada por tantos años de silencio.

POMPEYA

Era una fanática pompeista. Creía haber sido una de las mujeres de la mansión de los Vittii en otra vida. En un rincón de la sala una maqueta reproducía los lugares públicos de la ciudad: la Puerta Marina, el templo de Apolo, la Vía de la Abundancia, hasta los prostíbulos, las panaderías y las letrinas. En la puerta de su apartamento se leía: Pompeya. Un enorme falo semi erecto, debajo del número 405, servía como talismán de la buena suerte, burla de algunos vecinos y escándalo de otros. Como buena expompeyana se atribuía versátiles y profundas dotes amatorias, de conquista; por eso no entendía por qué fallaban todas sus argucias en sus intentos seductores con el vecino de los altos, el tracio Celado, gladiador, hermoso, macizo. Y ella se deshacía, regalándose con él, en su fértil imaginación, todas las escenas del Gabinete Secreto del museo de Nápoles, toda la lujuria de Pompeya, Herculano y Stabia. Tenía que decirle a él de su otra vida en común, confesarle todo lo que le había sido permitido recordar. Pero él, cada mañana, cada tarde, cada noche subía y bajaba con aquella muchacha descarnada y huidiza, suerte de Masmia o Novoleia. Con seguridad era virgen, una virgen calentadora como buena sacerdotisa. ¿O sería quizás una experta lupa, lasciva y sórdida? Pero ahí estaba el Vesubio, imponente, preparado, amenazador. Si el tracio Celado no accedía a entregarle su cuerpo macizo y viril, y su corazón valiente de gladiador, no amaría a otra mujer en esta vida. Hasta aquí habían llegado para reencontrarse, para terminar lo que quedó inconcluso en la otra vida; pero él la rehuía siempre, inconsciente de su pasado y su presente.

Miró la fecha de nuevo, por gusto, la conocía de memoria. Le quedaba todavía un día. Tras largos meses de espera, de perfeccionamiento y acechos, quedaba solo la oportunidad de un día. En ese lapso de tiempo se decidiría todo. Había escuchado sin querer que la aprendiz de Masmia se ausentaría por un día y una noche, así que no bien la vio bajar corriendo las escaleras y partir en un carro verde chapa roja, puso a cocer en su enorme horno de cerámica —el mayor que ojos humanos hubieran visto, el mismísimo Vesubio— las piezas que faltaban para completar su ciudad dormida, mientras urdía todas las tácticas posibles caso que fallara alguna de las previstas.

A las cinco subió. Esta vez no fracasaría. Estaba decidida a todo. La cosa era muy sencilla. Se le acercaría, lo envolvería en los inciensos de su aliento, se le regalaría descaradamente, luego lo iría poseyendo poco a poco y mandaría a Novoleia a casa del carajo. Él la amaría, tendría que hacerlo, tenía que cumplir su cometido en esta vida. Pero Celado demoró en abrirle, hablaba por teléfono con alguien. Ella aplicó la oreja en la puerta y escuchó a Celado decir que seguramente quien tocaba era la gordita cómica de abajo, porque había sentido cerrarse su puerta. Pero Livia, como creía llamarse —aunque de esto no estaba muy segura—, no se inmutó, todas las fuerzas estaban listas. Si no era posible cortar el karma, así sería. Esperó resignada y entró valerosa cuando Celado abrió su puerta sonriente. Fue suficiente la escultura de bronce en la repisa.

En Pompeya 405 es de noche, como en toda La Habana. Es la noche del 24 de agosto de 2004. Celado descansa inconsciente en el sofá de la sala. Livia, desnuda junto a él, sueña con reencarnar pronto y no ser de nuevo una gordita loca, despreciada por su vecino. En el Vesubio comenzaron a estallar las cerámicas pasadas de calor; pronto el fuego escapará de su boca; al estallar, las llamas iluminarán los cristales del balcón cerrado. Una nube negra flotará en lo alto. Pompeya se cubrirá de cenizas ardientes. Cuando Masmia o Novoleia o como se llame, regrese, se sentirá felizmente excluida del karma inevitable, reiterativo hasta la eternidad.

Fiesta

Lo había conocido en la calle el día anterior. La invitó a subir al auto, y ella aceptó; a pesar de ser uno de esos superacicalados, estaba bien muy bien. Ella pudo observarlo mientras él manejaba: los rasgos masculinos, regulares y unos ojos de locura. Ella clavaba la mirada en su perfil, con tanta insistencia, que lo obligó a volverse. En el semáforo la besó, y tres cuadras más allá, cobijados por la oscuridad de un farol roto y dos frondosos laureles, hicieron un amor sin prisas, al estilo de ella: desprotegido, en el asiento trasero del auto, una música al estilo de él: muy romanticona, pero que a ella no le gustó nada. Luego la llevó hasta la casa.

A la mañana siguiente él la llamó por teléfono y ella lo invitó a la fiesta. Desde que ella vio su cara al entrar, se dio cuenta de que había cometido un error. Bueno, en realidad desde que había notado cómo él vestía para la fiesta, de traje, se percató de su tremenda insensatez, pero ya era demasiado tarde. No le iba a decir que fuera a su casa a cambiarse de ropa. Ella le dijo que se sentara con los demás; él, después de un rato, entró al baño del inodoro roto, de eso hacía más de media hora y no salía. Qué se le iba a hacer. Mientras, Orestico se encargaba de darle de beber ron, en un vasito plástico, y de hacerle olvidar el descaro de Yusiel que se había aparecido con Yamilka.

La había conocido el día anterior en la calle. La encontró tan bonita, a pesar de no estar muy arreglada, que le dio botella, primero, y se acostó con ella después, allí mismo, en la calle, en lugar de en su casa o un hotel. Ella quiso hacerlo sin protección, le molestaba el látex, le producía irritación, dijo. Él se arriesgó y puso su música preferida. Luego la llevó hasta su casa. Al otro día la llamó y ella lo invitó a una fiesta esa noche. Él aceptó. Error craso. No debió haber aceptado. Cuando vio a toda aquella gente sentada por el piso se dio cuenta de que no debió haber ido. En realidad, desde que la recogió en su casa y reparó en su vestimenta, tan informal, pensó que no debía ir a aquella fiesta. Pero ¿qué hacer? No iba a decirle que su ambiente era otro. Hasta fumando estaban. El olor llegaba a la escalera. Entraron, se sentaron en el piso como los demás y luego él, contrariado, se metió en el baño. Cuando saliera le diría que se iba, y ella que hiciera lo que quisiera. Pero entonces descargó el inodoro y empezó a botarse todo, primero intentó trabar la palanquita, luego detener el agua con el pañuelo, el agua debía estar llegando ya al pasillo. Después quitó la tapa del tanque, para evitar que el agua siguiera saliendo, y por el nerviosismo la dejó caer sobre la taza. Ahora preso en el baño, recostado contra la puerta, sudaba a mares, mientras trataba de localizar por el celular, a su ayudante para que le sacara de abajo de la tierra un inodoro nuevo y lo llevara allí.

CAÍDA

Él tenía alma. Amaba a la mujer del décimo. Lo llenaba saber que ella lo prefería al otro. Presentía cuando ella se paraba en medio de ambas puertas, para llamarlos a la vez, pero siempre acudía él, veloz, libre, dispuesto, oloroso. Ella lo penetraba satisfecha, lo palpaba, o dicho con más tino, era él quien palpaba el placer de ella y se estremecía, ronroneaba apenas, eyaculaba eléctrico cuando la mujer se acostaba en el sofá (era la única que lo hacía, casi un vicio, ¿consciente?, ¿inconsciente?, percepción excepcional de su presente invisibilidad) y cruzaba las piernas tirando hacia atrás su cabeza, entonces el pelo tocaba el piso, acariciaba la alfombra, mientras las puntas de las uñas se deslizaban sensuales por las paredes metálicas. La amaba, no cabían dudas, por eso sopesaba angustiado si detenerse o no por esta vez. Ella lo esperaba. La alarma de llamada se encendía insistentemente. Pero hoy algo no andaba bien, ciertos sonidos desacostumbrados, ciertos deslizarse inesperados, ciertas sacudidas casi telúricas. Mientras bajaba desde el treinta, sabía que sería su fin. Detenerse. Dejarla entrar, no en él sino en un destino irrevocable. La muerte sería hermosa, romántica. Romeo y Julieta. Doble suicidio. Aunque en realidad no sería un doble suicidio. Los suicidios dobles entrañan mutua voluntariedad. Bilateralidad en el acto. ¿Habría habido realmente una bilateralidad en esa relación? Se aproximaba a gran velocidad, se acercaba al diez. Disyuntiva: parar o no parar.

Ella siguió con asombro, la mirada fija en la pizarra, la vertiginosa carrera de él hacia los pisos inferiores. Las luces se apagaron y antes de que se produjera el estrépito que estremeció el edificio, regresó contrariada a su apartamento.

La prisa

Entró al carro apresurada. Pisó con torpeza los pies de la mujer sentada en el asiento contrario. Los asientos estaban uno frente a otro, era uno de tantos viejos taxis adaptados por los dueños. La miró y se disculpó, la miró todo el tiempo, no le quedaba más remedio. La mujer al otro lado era morena de ojos verdes y no le quitaba la vista de encima a la rubia que había subido. La rubia, por tanto, imaginó que a lo mejor era la mujer del hermano de su amigo, que regresaba del trabajo y la había reconocido por alguna descripción. Pensó que quizás vivía en el mismo barrio al que ella iba. O quién sabe si había sido una de las mujeres de su amigo y se bajaban juntas, y echaban a caminar por la misma acera, y se detenían ante la misma puerta. ¿Y si de pronto quería entablar conversación y empezaba a hacerle preguntas? Se estremeció. Lo menos que quería era conocer a nadie, ni que nadie la conociera, ni que nadie le preguntara nada, absolutamente nada. La mujer de los ojos verdes se bajó antes, sonrió con timidez a los demás, luego miró a todos lados con recelo y se apareó a un hombre más joven que ella. Cuando el chofer se acomodó el dinero en el bolsillo, ya la mujer de los ojos verdes había doblado la esquina con el hombre.

La rubia llegó a su destino y abandonó el auto. Echó una rápida mirada a la avenida, y se introdujo por una calle común. En un apartamento sin importancia hizo el amor con su amigo, en un cuarto lindo, apropiado, escuchando una melodía de moda. Se prometieron cosas, se pidieron más. Él le hizo jurar a ella que la próxima vez vendría con más tiempo, y ella que sí, que así sería, pero ahora tenía que irse. Luego en la sala conversaron y tomaron unos tragos con el hermano que estaba casado con una mujer bellísima, decía y se reía todo el tiempo. Y era tan simpático, pero le hacía demasiadas preguntas. Me voy, dijo la mujer, puso el vasito a medio tomar sobre la mesa, se despidió de su amigo con un beso, del hermano de su amigo con una sonrisa y desapareció.

Dos mujeres apresuradas casi tropiezan en la esquina sin mirarse, ni disculparse, no estaban para ésas.

La primera, una rubia alta, llegó a la avenida, paró un taxi viejo, de los que adaptan los choferes particulares y respiró profundo. La segunda, una morena de ojos verdes, entró a un apartamento sin importancia, besó al esposo, y al cuñado. Un olor raro a perfume le hizo recordar algo. En el taxi una mujer me pisó los zapatos, dijo, bebió los restos de un trago de un vasito en la mesa y desapareció en el baño.

NOCHE

Esa noche terminaron más tarde que nunca. La menor de las dos llamó a su novio por teléfono para darle un mensaje. Él dijo que no se fueran que las encontraría allí mismo, frente al Capitolio. La mayor quiso irse, pero la más joven le dijo que no fuera boba y estuviera un rato con ellos. Soplaba un viento frío y se asombraron de un vendedor de flores en mangas de camisa. La mayor comentó con tristeza que hacía tiempo no le regalaban una flor. A lo mejor hoy te regalan una, dijo la más joven.

Cuando el novio llegó, se fueron andando hasta una cafetería en la esquina de la calle Monte, donde vendían cervezas en moneda nacional. Pero mucho más ofrecían los vendedores ambulantes: limones, fotos, flores artificiales, empanadas, coquitos, flores artificiales, gomas de mascar, globos y flores artificiales. Ellos bebían y reían, en parte por las cosas que se decían, en parte por el frío que, como el nerviosismo, hace reír a la gente con frecuencia.

A pesar del frío y de la hora, un niño pasó y regaló una flor natural a cada uno. Los tres sonrieron. Pero más tarde el niño pasó de nuevo pidiendo dinero. Seguramente las extrañarosas habían sido robadas del cementerio, estaban marchitas comentaron. Siguieron bebiendo y conversando. Y siguieron pasando los vendedores de flores. A las once, una florista se detuvo con su carga artificial. Ellos negaron con la cabeza antes de que la vendedora hablara. Pero la mujer explicó que aquel hombre de la otra mesa le enviaba una flor a la mayor. La mayor leyó la tarjeta. No sabía qué hacer. Agradecer. Devolver la tarjeta. Le agradeció al hombre. Era lo elemental de las normas de educación. El hombre se presentó: gerente, soltero, sin compromiso, con una casa en Miramar, y te recojo donde sea, a la hora que sea, en taxi, cuando me llames. Después, propuso invitarlos a todos a más cervezas, pero la mayor explicó que ya se iban. Los otros dos la miraron sin comprender. Por el camino la mayor jugaba con la flor. La tocaba. ¿La guardaría como trofeo de conquista? Tocaba sus hojas rígidas, la gota solidificada de agua-goma sobre un pétalo oloroso a tela congelada. Lástima, dijo y echó la flor en su mochila.

Contemplación y olvido de la soledad frente a un libro

No hace más que preguntarse qué diría Carpentier frente a este libro.

Carpentier compre diez libros por el precio de uno.

Lo mira una y otra vez. Sin moverse desde hace dos horas. Este es un libro por el precio de diez, cuarenta años más tarde, se dice. Es como la vigésima vez que se lo repite a sí mismo, pero ni esta convicción de lo absolutamente inalcanzable lo hace despegarse de la visión.

Ha acudido a visitarlo todos los días, hoy tendría que despedirse por la fuerza. Sueña con él. Sabe de memoria el pabellón que ocupa la editorial europea, el lugar del estante en el pabellón, la posición exacta del libro en el estante, la ilustración de la portada, el número de páginas del libro. Ese libro es ya su amigo; más que su amigo es SUYO, SU AMOR. Puede imaginar lo que haría con él en una cama. Le susurra cada día frases de posesión: Eres mío. Saldrás caminando tras de mí cuando me vaya. Solo podría olvidarlo —temporalmente— si la muchacha de las piernas hermosas que llevaba una hora y media adorando otro libro en el estante de enfrente, se arrimara a su lado y le dijera: Déjalo, yo puedo darte más que él. Claro, tendría que ser una enciclopedia la muchacha. Mientras contempla el libro, evoca las sensuales extremidades de la otra y su pelo negro; visualiza cómo le haría el amor. En primer lugar, lamería sus piernas una a una, luego su vientre;

en el ombligo su lengua juguetearía, chapalearía más bien en un charquito de saliva; luego su boca; después la penetraría lentamente. Al final conversarían sobre sus libros frustrados. En eso el libro excitado, o celoso —quién sabe cómo será la psicología de los libros—, se estremece y él, complaciente, deja de pensar en la muchacha. Bobo, son solo sueños. Al fin y al cabo, la muchacha no se le había acercado ni se le acercaría jamás, ni sería capaz de proporcionarle el placer que le daría este libro.

Lo acaricia con ternura para compensarlo de sus desvaríos eróticos con la muchacha de las piernas durísimas. Con las puntas de sus uñas, que ya debe recortar, rasguea como las cuerdas de una guitarra, los bordes apilados de las páginas. Escucha la música de las palabras, e imagina que todos los libros podrían emitir iguales sonoridades. ¡Qué acompañado se sentiría con un libro así! Podría tomarlo y apretarlo contra su pecho, y salir con él delante de todos, nadie tendría la fuerza suficiente para arrebatárselo. Claro, que sería mucho más sencillo si el libro bajara del estante y saliera caminando tras él. Si fuera un libro con coraje. Lo recogería, entonces, con amor y lo pondría en un lugar privilegiado: en la cabecera de su cama, para que en días de verano le diera el aire del ventilador. En invierno lo cobijaría bajo su cobertor y lo entibiaría con su cuerpo. Podrían hasta hacer el amor. Imaginaba sus orgasmos al olor de las páginas nuevas, intocadas, inleídas. Estaba claro que sería el magnífico amante, el libro soñado, el consolador de su soledad. Porque deseado libro, tú que vives solitario en este estante, sabes lo que puedo sentir yo, o lo que puede sentir la muchacha de las piernas desbordantes en el estante de enfrente adorando al otro. ¿Sería libro o libra el volumen frente a él? ¿Y el de la muchacha? ¿Tendrían sexo los libros? A él le daría lo mismo volverse bisexual por ese libro si fuese macho. Le daba lo mismo. Todo estaba en que aceptara irse con él.

La muchacha de las piernas bestiales en el estante de enfrente reza una oración. ¡Bellísima! La anatomía enamorada del papel, una réplica de su situación. La muchacha y él habrían formado la pareja ideal. Si ellos echaran a andar y los libros los siguieran, él sería capaz de abordarla y proponerle irse juntos con los amados prófugos, a su apartamento despoblado y compartir el último cigarro que le queda.

Un taconeo fuerte lo saca de sus sueños. La muchacha desesperanzada se aparta del estante y se aleja, su desencanto es evidente. Él vuelve la mirada hacia su libro. No vale la pena, como el de enfrente, eres un pasmado, tampoco irías detrás de mí, ¿verdad? Te falta eso que tiene que tener un libro que quiere ser poseído. Deberías sacrificarte por amor. Regalarte. No venderte como una ilustrada prostituta de papel y cartón, por veinte sucios verdes. Sabio y frío. Yin. Incapaz de tomar iniciativas. De seguro si él lo raptara serían felices. Pero él es también muy yin.

Decepcionado se aleja del estante. Mientras camina, repasa su soledad, el recuerdo de un cigarro disparejo sobre la mesita de noche. El silencio de todos los días. Sale y cae en la vieja callecita abigarrada de compralibros pudientes e impacientes por gastar lo que queda en sus bolsillos. Lo aprietan, lo empujan en las entradas de las salas. Él cuenta los adoquines, uno por uno, para ocultar su desgarramiento, para no morir de envidia por no tener el dinero de esos, ni el coraje de otros para burlar todas las vigilancias y llevarse en su mochila, oculto, el libro deseado. No percibe, entre la multitud, a la muchacha de las piernas, que también va contando los adoquines, ni a todos a los que se caen porque no son capaces de contar los adoquines. Van absortos, a veces tambaleantes y asombrados de tanta gente que compra semejantes libros lloriqueantes en sus bolsas sonoras de plástico. Cuando ellos abandonan la Cabaña a bordo de un autobús de refuerzo, dos libros agotados deciden abrazarse en la calle. Los pasos de los libros son muy cortos, aunque corran.

La cantante de blues, el mago, el pobre león, el emigrante y el extraterrestre

La Cantante de Blues

Todo el tiempo cantaba blues. Al amanecer, desde que se tiraba de la cama y salía a la campiña olorosa y verde, su voz, juguetona de tonalidades, pasaba de un registro a otro, atravesaba cañaverales y bosques y se confundía con los pitazos del central.

En la casa, la madre heredera por línea paterna de una larga dinastía de soneros y guaracheros, no entendía por qué la muchacha crecida entre guitarras y claves entonaba aquellas extrañas melodías nunca escuchadas por los contornos y se negaba a integrar la orquesta familiar. De otra encarnación le vendrá, afirmaba, y se encogía de hombros.

Al padre le daba lo mismo. Si cantaba que cantara, lo que quisiera decía, pero que cantara. En el fondo el padre disfrutaba de las raras armonías y se extasiaba en el portalón de cemento pulido, mientras la hija repetía incesante y espontáneamente canciones que hasta hacía poco habían sido desconocidas aún para ella.

Cuando se incendió el local donde ensayaba la orquesta familiar, la cosa tomó un cariz más peliagudo. Los ensayos debían hacerse en la casa, pero las guarachas se resistían a salir bajo el aplastante torrente de *blues* que la muchacha no podía detener.

La familia la presionaba de continuo: o se dedicaba con el resto a interpretar sones y guarachas o buscaba otro sitio donde permanecer. Se hizo preciso que tomara su propio camino. Preparó un maletín y abandonó el hogar.

En el pueblo no pudo hacer nada. Los dos pequeños centros nocturnos contrataban solo intérpretes de música salsa. Un director artístico aventuró decir —sin convicción alguna, por cierto— que le parecía tratarse de cierta música norteamericana. *Blues*, dijo ella con toda seguridad sin saber de dónde le venía. Son *blues*, señor.

Así, la joven salida del campo cubano partió con sus blues de nacimiento —como una marca o algo así— hacia la capital en busca de empleo, o al menos de espacio.

En la capital recorrió hoteles y centros nocturnos —en divisa y moneda nacional—, visitó empresas y gerentes extranjeros buscadores de talento, pero la rubia mujer de azules ojos y extraordinaria voz, que cantaba blues —por herencia reencarnatoria— mejor que Tina Turner en los años cincuenta, fue rechazada en todas partes por falta de originalidad. Hastiada, extenuada y hambrienta, se fue en busca de un lugar tranquilo, alejado de los hombres, para descansar y refugiar sus frustraciones. Anduvo durante algunas horas con rumbo errante hasta que accidentalmente se encontró frente a las puertas del Parque Zoológico, entró al lugar desierto ese día entre semana y se recostó en una baranda frente a una jaula vacía.

El Mago (o El Loco)

Le decían El Loco —familiares y amigos— por haber rechazado las mejores opciones del mundo: una acaudalada mujer francesa que lo acosaba y le ofrecía villas y castillas con matrimonio incluido, la gerencia de un lujoso hotel de la ciudad y la jefatura de cocina en un céntrico restaurante, solo por citar algunos de los más codiciados. Se obstinaba, en cambio, en hacer sus números de magia en todas partes —por esto último le decían El Mago— y de forma gratuita, hasta el momento. Esperaba la oportunidad en que su arte lo hiciese lo suficientemente famoso como para ganar una buena plaza donde desplegar su magia, pero no la perseguía. Entre sus números favoritos se hallaba el de desenroscarse la cabeza y echar a andar con ella bajo el brazo, número con el que un genial mago ruso había ganado el primer premio en un prestigioso concurso, y que él había logrado repetir tras años de desgastantes insomnios y exhaustivas investigaciones en todos los libros de todas las magias antiguas y modernas. El número, que finalmente había logrado sin ningún tipo de trucos —solo a base de poder mental— arrancaba expresiones de burla entre los adultos y de terror entre los menores, solo los adolescentes se complacían con él.

En ocasiones se acicalaba como para una función de gala en Radio City, y en otras deambulaba descuidado, siempre asombrando a la gente, bajo el sol de las calles peladas de árboles o a la fronda fresca de los parques, devolvía las monedas que le ofrecían arrancando exclamaciones de está loco y se iba a sentar en las escalinatas del Capitolio de las que, en más de una vez, como todos, fue echado por los custodios.

Allí miraba hacia arriba sin cesar —no hacia el cielo—, sino a la cúpula del Capitolio, con el irrealizable sueño de subir hasta ella algún día y tomarla como escenario. Pero como la cúpula no le estaba permitida y sería harto difícil burlar la vigilancia, a pesar de sus excepcionales dotes de prestidigitador, urdía otros planes para su exhibición. Un día recordó al intrépido y desesperado hombre, que más de veinte años atrás había subido a la punta de una grúa que participaba en las obras de restauración del edificio. Y, a partir de entonces, comenzó a albergar la esperanza de que, en algún momento, por idénticas razones, se instalara otra en el lugar para, como aquel hombre que tanto revuelo despertara, deslizarse en algún instante de descuido y desplegar en lo alto sus sorprendentes actos de magia ante un público multitudinario que temblaría de delirio a sus pies.

Esa tarde fue aciaga para El Mago. Mientras trataba de encontrar en las escalinatas un sitio oculto a la mirada de los

CVP, donde dar rienda suelta a sus ensoñaciones, escuchó a dos jóvenes trabajadores afirmar que tras la última restauración (¿cuándo habría sido?, se preguntó El Mago) las obras habían sido tan buenas que pasarían años antes de que se hiciese otra. Cierto o incierto lo que decían, las palabras estremecieron al Mago y lo devolvieron a la súbita lucidez de que es una utopía esperar por factores externos para materializar un sueño.

Deprimido, las ideas estancadas, vacío el corazón, El Mago echó a caminar sin derrotero. Anduvo cerca de dos horas sin noción de espacio ni de tiempo, como autómata, hasta que el agotamiento lo detuvo. Levantó sus ojos y descubrió la emblemática escultura de la familia de venados sobre la piedra, se dio cuenta de que estaba a la entrada del Zoológico y rechazando la idea de llegar a su casa y confesar a todos el fin de su quimera, decidió entrar al parque y hacer sus números de magia a los animales. Sin notar la presencia de la muchacha recostada a la barra de hierro, se detuvo frente a la jaula vacía del león y se preguntó dónde estaría metido. El Rey de la fauna sería su primer elegido.

El Pobre León

El problema del león o del Pobre León, era salir, no quería. El problema de los cuidadores, o de los pobres cuidadores consistía en hacer salir al león, no podían. El Pobre León, traído desde África hacía poco tiempo, sufría de soledad e incomunicación. Al principio había intentado entenderse con los cuidadores, pero luego, conocedor de la especial falta de tacto humano de aquellos y del pasmo que podría causar entre los hombres su inusual capacidad, había desistido de su intento. Desde hacía tres días, por pura tristeza, se había negado a comer cualquier alimento, aunque antes, de todos modos, le costara trabajo deglutir los trozos de carne nada fresca que le traían. Por su rara dolencia lo habían visitado los veterinarios de distintos zoológicos nacionales y extranjeros, quienes tras muchos exámenes habían concluido que El Pobre

León no sufría enfermedad orgánica alguna, y desesperaban ante su indecisión en la conducta a seguir. Cuando el Pobre León escuchó hablar a los veterinarios sonrió para sí —porque no era un león común, este león entendía y hablaba la lengua de los hombres— y se dijo cuán fácil habría sido para él explicar las causas de su aislamiento y ayuno voluntarios, si los demás hubiesen puesto de su parte. Casi se confiesa con un muy joven veterinario, apenas un adolescente, quien entre todos lo había tratado con ternura y solicitud reales, pero en el preciso instante en que abría las fauces para decir la primera palabra, cayó rendido por el efecto de una inyección anestésica.

A estas alturas, hastiado de incomunicación y tristeza, había decidido morir de inanición y soledad.

Cuando nadie lo veía, el león o El Pobre León, hablaba a los muros de su cubil y lamentaba su suerte de rey convertido en cautivo. A pesar de ser un león que hablaba nunca dejó muy claros sus orígenes, así que no podemos establecer todavía si su magna categoría se remitía únicamente al reino de la fauna, o si se trataba de un rey africano transformado en león, por hechicerías de alguna bruja rival o enamorada. Esto último lo convertiría en un rey hechizado, capturado para atracción de un zoológico, sin oportunidad de volver a su condición original, y justificaría plenamente su actual estado depresivo.

El Pobre León no podía suicidarse de otro modo, carecía de medios —en general los animales no tienen la posibilidad de suicidarse por medios artificiales como el hombre— pero igual podía dejarse morir como había pensado. Antes de cerrar los ojos para no abrirlos más hasta que la muerte le llegase, decidió echar una última mirada al mundo y, apenas sin mover su enflaquecida corpulencia, asomó unos ojos tímidos a la entrada de su cubil. Cuál no sería su sorpresa al descubrir frente a su jaula, en día de tan pocas visitas, a una muchacha que dormía sobre la barra de protección del público, y un raro joven que, al ver aparecer su hocico, animó su rostro y comenzó a ejecutar extraños actos con objetos. Magia, pensó el Pobre León al recordar las fiestas de su tierra, sonrió con tristeza y se refugió nuevamente en su celda.

El Emigrante

No por gusto llevaba el irónico sobrenombre de El Emigrante, con orgullo, además. Pasaba los segundos, los minutos, las horas del día, ideando maneras para emigrar, para escapar, como decía, de su situación económica o de su des-situación económica, porque El Emigrante, no encontraba empleo, o al menos un empleo con acceso a la libremente convertible moneda, que le permitiera sortear sus dificultades financieras.

El Emigrante marcaba un récord de ensayos de salida. Excepto la penetración ilegal en embajadas, había probado casi todas las variantes existentes: tres bombos, siete intentos por carta de invitación a diversos países, y doce embarques en diferentes tipos y modelos de naves auténticas o artesanales, todos infructuosos.

La variante que más le obsesionaba y en la que más posibilidades veía a pesar de los repetidos naufragios, era, como ya se debe haber inferido, la de salida por mar. Así, que, en lugar de perder el tiempo trabajando, pasaba sus días frente al mar o en el mar, con más precisión en la Playita de 16, sobre su balsa o acostado sobre el muro, aparentemente escuchando música y tomando el sol entre bocaditos y refrescos, mientras estudiaba los movimientos de las mareas, la dirección y fuerza de las corrientes, la temperatura del agua, las horas, las temporadas. Había escogido justamente este sitio, no por algún romántico criterio, sino por el simple hecho de concretarse a una zona que podría estudiar hasta la saciedad, en sus más mínimos detalles, lo que le permitiría trazar un itinerario sin fallos, una hoja de ruta perfecta, en condiciones meteorológicas ideales.

Con la ayuda de los datos técnicos proporcionados por un físico amigo, había elaborado un tratado, que, por el interés, la constancia y la preparación científica de este «emigrante-investigador», podría haber competido con cualquier trabajo de maestría de los mejores meteorólogos nacionales e internacionales.

¿De qué vivía El Emigrante? Era un misterio para todos, como los miles de misterios semejantes que ya no asombran a nadie. El Emigrante pertinaz sobrevivía, sin adelgazar ni una libra, sin mermar su hemoglobina, sin dejar de ingerir su profusa cuota de bocaditos y refrescos diarios.

Como se encontraba en su puesto de observación desde muy temprano en la mañana hasta muy entrada la tarde, no era raro ver pequeños grupos de personas, conocedoras de su sabiduría, que antes de retirarse a sus casas o acudir a sus trabajos, se acercaban a él para consultar el pronóstico del tiempo del día o de la jornada siguiente, cosa que lo halagaba por su sentido de utilidad al prójimo del cual no carecía. La gente agradecía profundamente sus certeras predicciones y se iba feliz, a ejecutar sus planes, sin temor a que un chaparrón o un ciclón imprevisto frustraran una noche de cabaret al aire libre, un largo día de trabajo en moto, o unas vacaciones en la playa.

Una mañana, soleada y sin propios pronósticos de lluvia, El Emigrante, sin preparación contra aguaceros, ocupó como cada día, su espacio, —sagrado y consagrado— en el muro gris, y cuando ya se disponía a inflar su balsa, un extraño nubarrón se fue extendiendo sobre la Playita de 16 y vomitó inesperadamente una lluvia fría y ácida como nunca antes viera. Desilusionado y doblemente sorprendido, lleno de confusión y vergüenza, al imaginar los reproches de sus amigos y consultores habituales, se cubrió como pudo con la fláccida balsa y abandonó el lugar, con la convicción de nunca más volver,

El chaparrón duró solo unos segundos, pero El Emigrante, abatido, presa de desconcierto, se alejó del lugar y comenzó a andar calle arriba, con la sola obsesión de no encontrar a algún conocido, lo cual era casi improbable para un hombre como él.

Quizás el subconsciente lo condujo al sitio más cercano de la ciudad, donde ese día y a esa hora encontraría menos personas: el Zoológico. Y se dejó llevar por su instinto hasta la jaula del león, seguramente sería entre todos los animales quién mejor lo entendería, pues al fin y al cabo un león enjaulado era lo más semejante a sí mismo que se le podía ocurrir.

Cuando se aproximaba divisó el extraño grupo que se congregaba frente a la jaula del león y pensó volver sobre sus pasos, pero al observar que se trataba de una desmayada y un loco que hacía piruetas, decidió que no habría peligro para su orgullo y se acercó sin recelos.

El extraterrestre

Se halló de pronto sin nave. La explosión lo había lanzado lejos del lugar en el que aterrizara. Las naves extrarrestres no son indestructibles, como algunos terrícolas suponen.

Nadie había notado la presencia del invisible ovni —como se les llama aquí— en ese valle descampado. Ni, aunque no lo fuera, lo habría descubierto el ojo más avizor o avezado de un caza-ovnis. Lo mejor de las naves extrarrestres es que son imperceptibles a la vista humana, o, mejor dicho, terrícola, —los extrarrestres son tan humanos como cualquiera de Tierra—, salvo que, con toda intención, sus navegantes quisieran hacerla notar. Pero sí advirtió que se había escuchado en varios kilómetros a la redonda el atronador estallido, y eso lo supo por los rostros de estupor y miedo, que había encontrado en un rápido rastreo telepático de las zonas habitadas —tras sanar de las lesiones sufridas. Claro que el piloto se había lastimado. No era en lo absoluto cierto el mito de que los organismos inteligentes de otros planetas o galaxias, fuesen invulnerables a las agresiones corporales, debido a su alto desarrollo biológico, aunque sí muy acertada la idea de que podían recuperarse con gran celeridad.

Sin escapatoria, disgustado por los problemas que le acarrearía con sus superiores el haber salido sin permiso de la nave madre en una mononave defectuosa, se recostó a descansar sobre la hierba y echó otra telepática ojeada en derredor. Entonces descubrió la casita alejada del pueblo, donde una muchacha, que todo el tiempo cantaba, sorprendía a sus coterráneos. Se interesó en la historia y comenzó a seguirla, decidió que la muchacha no estaba hecha para esos sitios y resolvió estudiar cómo ayudarla. Fue entonces que, haciendo uso de sus poderes telequinésicos, desencadenó el fuego en el local de ensayos y creó la crisis que hiciera abandonar, a la Cantante de blues, su casa.

Como un sondeo de individuos terrícolas que habitaban los alrededores no arrojara una valoración satisfactoria, extendió su recorrido telepático hasta la capital. Allí, entre anticuados —a veces hasta lo increíble— vehículos para la transportación y grupúsculos de personas intelectualmente ociosas, había descubierto al Mago, y aunque le pareciera tan ingenuo y obsoleto el truco del desenroscamiento de cabeza, típico de niños en su primera infancia, El Extraterrestre valoró que El Mago era un tipo de grandes alcances, que debía lograr sus aspiraciones sin esperar por los demás. Entonces, haciendo uso de sus extraordinarios poderes de materialización del pensamiento, divisó dos custodios y puso en sus bocas la conversación que El Mago (o El Loco) escuchara y que lo impelió a salir de su estado de espera perpetua.

Abandonando por un rato al Mago y a la Cantante de *Blues*, determinó conocer el mar del que tantas veces había disfrutado por telepatía y que tenía ahora la oportunidad de visitar. Se trasladó por unos minutos hasta la costa —no más de unos minutos pues estaba esperando señales de su nave madre—, y tras el primer agradable contacto con las aguas, que almacenó indeleblemente en su registro de sensaciones corporales, notó la presencia del hombre solitario que inflaba una balsa en la orilla, que almacenaba en su mochila asquerosos bocaditos con fragmentos de cadáveres animales y que atesoraba interminables cálculos en una voluminosa libreta. Se introdujo en su campo energético, en solo un segundo supo la dramática historia del Emigrante, y decidió ponerlo en una situación extrema para que aquel tomara una resolución objetiva sobre su vida. Fue cuando formó la nube de lluvia ácida.

Satisfecho de sus nuevas impresiones táctiles y de la tercera de sus buenas obras, El Extraterrestre se tele transportó al lugar del campo donde había estallado su nave y allí recibió las coordenadas del sitio de recogida. Con sorpresa descubrió que se trataba del Zoológico y se trasladó en segundos hasta el mismo encontrándose justo en la jaula del Pobre León.

Aunque nunca había estado cerca de uno, El Extraterrestre conocía de la ferocidad y canibalismo de esos animales, así que se puso rápido a buen resguardo. Pero tras breves segundos de observación descubrió que aquel no era un león común como los vistos por él en las enciclopedias terrestres. Este era un raro león con condiciones humanas como el habla y los sentimientos y dedujo que se trataba de una víctima de mal uso del poder mental de otro terrícola. El Extarrestre que en brevísimo plazo de permanencia en el aura del Pobre León se enterara de todo su drama, asumió la figura de un adolescente veterinario y se acercó a consolarle tratándolo con solicitud y ternura. No obstante, cuando percibió que El Pobre León iba a dirigirle la palabra, El Extraterrestre lo hizo caer fulminado de sueño con la apariencia de una inyección anestésica para no comprometerlo frente a los torpes terrícolas. Lástima, se dijo, el mal del Pobre León se podría solucionar de inmediato en su planeta.

Entonces, reasumida su forma invisible, El Extraterrestre, que contemplaba con tristeza el corpachón adormecido del Pobre León, tomó la resolución de encaminar a la Cantante de blues, al Mago y al Emigrante hacia aquel punto desierto de otros humanos. No sería nada mala la idea de llevar la muestra de cuatro terrícolas de diferentes razas, edades, sexo, aptitudes y situaciones, para granjearse la perdida estima de sus jefes y lograr el perdón por sus imprudencias. Y aunque a la Cantante de *Blues*, al Mago y al Emigrante les había parecido una interminable jornada de marcha y reveses, el tiempo usado en su tele transportación consecutiva, no sobrepasó los doce segundos.

Lo primero que sorprendió al Extraterrestre fue la rápida comunicación establecida entre los integrantes de aquel raro grupo.

Cuando El Mago llegó frente a la jaula del Pobre León puso manos a la obra, sin reparar en la Cantante de blues, y comenzó a desplegar su repertorio de números de magia con el placer de sentirse observado —aunque sin mucho interés— por el objeto de sus evoluciones. En esas arribó el Emigrante, que arrobado y espantado a la vez por el acto de desenroscamiento de cabeza, se arrimó a La Cantante de blues y la conminó con insistencia a salir de su sopor y a disfrutar de los formidables trucos. Al escuchar de boca de la muchacha que lo único que quería era regresar a su casa sin inconvenientes, El Emigrante, haciendo gala de sus humanas dotes y olvidando lo ocurrido con la nube de lluvia ácida, comenzó a desarrollar para La Cantante el pronóstico del tiempo de las próximas setentidós horas. La Cantante, reanimada por el interés que despertara en El Emigrante y en El Mago que repartía sus actos entre El Pobre —semidormido— león que lo atendía pobremente, El Emigrante y ella misma, decidió recomenzar a cantar blues. El Pobre León espabilado totalmente de su proyecto de sueño suicida por la algarabía frente a su jaula, se sacudió y asomó la cabeza completa.

Fue entonces cuando apareció El Extraterrestre y todos se desconcertaron. ¿De dónde habría salido aquel señor? Es un extraterrestre, dijo el Pobre León, primero en darse cuenta del origen del visitante, sin dejar de apoyar su enorme cabeza sobre sus patas y causando pasmo total entre los restantes terrícolas. El Mago, La Cantante de blues y El Emigrante atrapados en ilógicas y desacostumbradas circunstancias enmudecieron.

El Extraterrestre no podía dilatar las presentaciones, el tiempo hasta la tele recogida resultaba muy corto, así que fue directo al grano. Relató con sinceridad todo cuanto había ocurrido y propuso a los presentes la partida, juntos hacia un planeta feliz sin guerras, terremotos, necesidades, ni animales salvajes o carnívoros, al decir esto último no pudo evitar mirar al Pobre León que sonrió con picardía.

La Cantante de blues fue la primera en dar respuesta, esta vez, como todos, sin la influencia telepática del extraterrestre. Ella estaría de acuerdo en caso de que no le extrajeran las cuerdas vocales para estudio porque su vida era cantar. El Extraterrestre, después de explicar que la anatomía terrestre era harto conocida para ellos y que se impartía como materia en los primeros quince segundos de la primera enseñanza, describió los hermosos anfiteatros que había en su planeta y la necesidad de algunos grupos —élite de escuchar melodías conocidas solo a través de audio-virtual.

El Mago también aceptaría siempre y cuando encontrara público para sus sorprendentes actos. Y aunque El Extraterrestre le explicara que sus actos de ilusionismo eran pálidos y prehistóricos, lo convenció de su futuro éxito, pues poseía dotes extraordinarias para un terrícola y estaba absolutamente en condiciones de aprender en breve tiempo la magia extraterrestre que lo haría famoso entre los habitantes de aquel desconocido planeta donde además no abundaban los magos de profesión.

Al Pobre León no hubo que convencerlo. Se ofreció por sí mismo para partir, sabedor, en primer lugar, de que su condición no asombraría a inteligencias mucho más desarrolladas que las terrícolas, y en segundo lugar de que en aquel evolucionado mundo existiría el antídoto contra su encantamiento. Por otro lado, se había enamorado perdidamente de Las Cantante de blues y no estaba en posición de renunciar a sus renacidas esperanzas de felicidad.

Faltaba El Emigrante. Pero en él El Extraterrestre no invirtió ni un milisegundo de su preciado tiempo pues El Emigrante tampoco opuso el más mínimo reparo, desilusionado de sus infalibles pronósticos que —al igual que los que emitiera el más prestigioso Instituto de Meteorología— podían ser alterados por un simple extraterrestre, se envolvió en la balsa desinflada y dijo estar listo para concluir con sus penurias y con tantos años de infructuosas investigaciones. El Extraterrestre lamentó tanto tiempo perdido en vanos estudios y lo congratuló por el fin de sus preocupaciones.

No había terminado de dar su respuesta El Emigrante y de ser felicitado por todos, cuando una fuerte ventolera azotó los árboles del Parque Zoológico, justo en el área que comprendía la jaula del Pobre León y sus alrededores.

Un cuidador que pasaba cerca se sujetó a la farola más próxima debido a una intensa ráfaga que duró cuatro segundos y luego de asomarse por costumbre a la jaula de El Pobre León descubrió que este había desaparecido sin que las rejas fuesen abiertas ni forzadas, de lo cual corrió a dar parte de inmediato a la Administración del Zoológico.

Eran las diez de la mañana y seguía la vida como de costumbre en este país, en este continente, en este planeta. En la Playita de 16, como cada verano la gente se bañaba apaciblemente y disfrutaba del sol. Nadie se espantó cuando un fuerte viento levantó olas en la mar calma y volcó algunas balsas. En la costa, El Emigrante, cuya breve ausencia nadie había notado, comenzó a inflar la suya mientras los habituales se acercaban para preguntarle sobre la causa de tan inesperada ventolera.

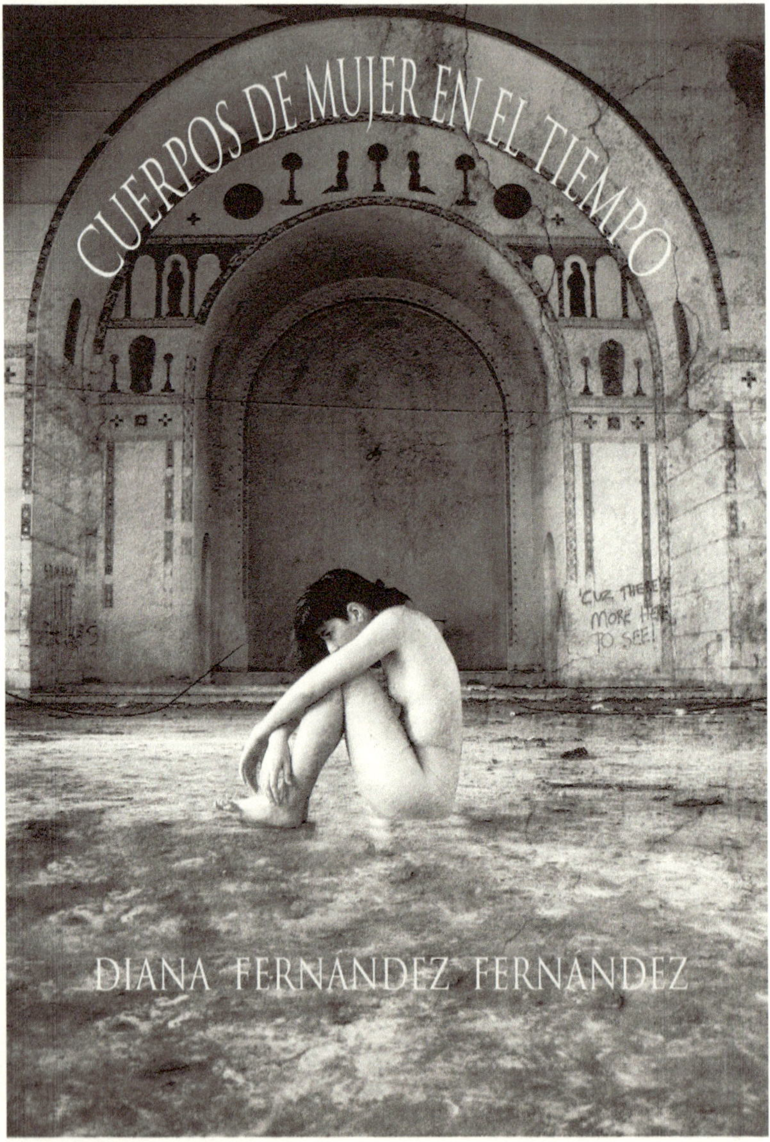
CUERPOS DE MUJER EN EL TIEMPO
DIANA FERNANDEZ FERNÁNDEZ

DIANA FERNÁNDEZ FERNÁNDEZ

Diana Fernández Fernández (La Habana, 1956). Graduada del Instituto Superior Pedagógico de Lenguas Extranjeras Pablo Lafargue, en la especialidad de Lengua Rusa. Profesora de ruso y traductora e intérprete bilateral. Es diplomada de edición por el Instituto Cubano del Libro. Tiene varios libros publicados, *Todas las mujeres de Dios (La Rueda Dentada, Unión 2003); Compañía urbana en la Noche, (Editorial Extramuros, La Habana, 2004); Cuerpos de mujer en el tiempo, (Editorial Letras Cubanas, 2010); La Isla novelada, antología de escritores cubanos, (compiladora)Veracruz (México), 2002, y Cuerpos de mujer en el tiempo* (UnosOtrosEdiciones, 2015).

OTROS TÍTULOS

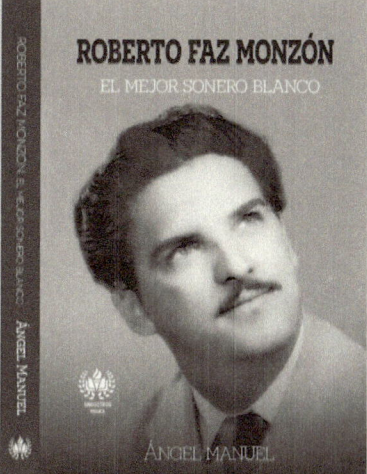

ÑICO SAQUITO
EL GUARACHERO DE CUBA

Los más importantes estudiosos de la música cubana incluyen la guaracha dentro del complejo del son, pero no se debe perder de vista que la guaracha brinda una importante contribución a la gestación del son como género en sí, como también a otras expresiones de la cultura en nuestro continente, por eso en otras naciones es tan apreciado el legado del rey de la guaracha o el guarachero de Cuba, como muchos denominan a ese santiaguero reyoyo que fue Ñico Saquito.

Benito Antonio Fernández Ortiz, Ñico Saquito, fue uno de los más notables artífices de la trova del son a trova intermedia, que para suerte de quienes gustan de la música con humor, se transformaría en un estilo o tendencia aún vigente y con magníficos cultores, aunque no tanto como en aquel período esplendoroso que a partir de la década de 1920 iniciaran Miguel Matamoros. Tenemos la satisfacción que este libro llegue a los lectores interesados en conocer un poco más de las peripecias y satisfacciones de la vida de ese trovador singular, así como de su obra profusa y trascendente que no se limita a la guaracha, pues dejó un rico catálogo que esperamos en el futuro sea objeto de estudio de musicólogos y otros especialistas como amerita su valía y el lugar privilegiado que en la historia musical cubana ganara su creador.

Poco a poco se fue gestando este libro en binomio, por el escritor e investigador Zenovio Hernández Pavón y Alejandro Fernández Ávila, nieto del compositor. Reseña biográfica, selección de textos de canciones, testimonios gráficos, publicaciones periódicas, entrevistas y otros materiales anexos, es lo que el lector encontrará del autor de «María Cristina», «Cuídadito, compay gallo», «Al vaivén de mi carreta» entre las cerca de seiscientas composiciones del guarachero.

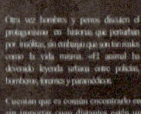

UNOSOTROS

ZENOVIO HERNÁNDEZ PAVÓN / ALEJANDRO FERNÁNDEZ ÁVILA

9 781950 424207

(spine) ÑICO SAQUITO. EL GUARACHERO DE CUBA

JAURÍAS
DE LA URBE

Otra vez hombres y perros disputan el protagonismo en historias que parecían por insólitas, sin embargo que son tan reales como la vida misma. «El animal ha devenido leyenda urbana entre policías, bomberos, forenses y paramédicos».

Cuentan que es común encontrarlos en los sitios donde han ocurrido tragedias, sin importar cuan distantes estén unos de otros. Algunos dicen que nunca existió, que solo es una más de las muchas habladurías de la gente, como todo en la ciudad...

Así comienza el primer relato de Jaurías de la urbe, historias en las que el mejor amigo del hombre pone a prueba la capacidad humana para responder ante situaciones límites. ¿Puede el ser humano ser fiel a sí mismo? O podrán más el egoísmo, el desamor, la violencia y la soledad.

Eric Flores es un heredero de Horacio Quiroga, supo digerir bien cuanto como desacendió y trasladar su carencia a un tor hoy en el ámbito de cualquier ciudad contemporánea. Es tradicional desde lo moderno, es irreverente desde el respeto, es un narrador convencido de que... «el ofrendió, huele al...»

JAURÍAS

POLICE LINE DO NOT CROSS · POLICE LINE DO NOT CROSS · POLICE LINE DO NOT CROSS · POLICE LINE DO NOT CROSS

DE LA URBE

RELATOS SOBRE PERROS Y HOMBRES QUE
RESCATAN EL ESPÍRITU DE JACK LONDON

UNOS&OTROS
EDICIONES

9 781950 424115

ERIC FLORES TAYLOR

Elío Menéndez / Víctor Joaquín Ortega

KID CHOCOLATE

EL BOXEO SOY YO

KID CHOCOLATE — Elío Menéndez / Víctor Joaquín Ortega *(spine)*

Eligio Sardiñas, Kid Chocolate ha sido el boxeador cubano más famoso de todos los tiempos. Kid apareció en las marquesinas del Madison Square Garden, el llamado templo del boxeo profesional, con veinte años. Y en su piel de ébano se reflejaron las luces de ese monumental estadio cuando un día conquistó para Cuba el primer cinturón de oro. En ese momento la leyenda del negrito del Cerro, limpiabotas, comenzó a escribirse en la populosa ciudad de Nueva York, meca del deporte de los puños del orbe. Como en un viejo filme la lectura de este libro nos traslada a la época dorada del boxeo.

Kid Chocolate: El boxeo soy yo mantiene al lector hechizado desde sus primeras páginas. Es una investigación bien documentada e imprescindible para entender la historia del mundo del boxeo. Con anécdotas, recortes de prensa, fotos y la última entrevista que el Chocó realizó para este libro, los autores nos llevan desde los inicios del niño vendedor de periódicos al «rey negro» que llegó alternar en New York con Cag Calloway, Duke Ellington, Louis Armstrong, Carlos Gardel, entre otros; al declive del que está considerado entre los diez mejores peso pluma de todos los tiempos, incluido en el Salón de la Fama del Boxeo en 1959, doble campeón mundial que no pudo derrotar los excesos de la vida —no sólo llevaba la cuenta de sus peleas, también de las mujeres a las que condujo al box spring— murió pobre y aquejado de sífilis, una enfermedad que se le diagnosticó en momentos en que no había medios adecuados para combatirla.

FLORES PARA UNA
LEYENDA, YARINI
EL REY DE SAN ISIDRO

FLORES PARA UNA LEYENDA *(spine)*

MIGUEL SABATER REYES *(spine)*

Ochenta años después de la muerte del proxeneta Alberto Yarini, ocurrida por motivos pasionales en 1910, en el barrio de San Isidro, un joven historiador visita la tumba del legendario chulo para cumplir una promesa contraída con un amigo. Un misterioso búcaro que siempre tendrá flores frescas sobre el sepulcro del proxeneta, le estimula a emprender una investigación en la que afloran vivencias de la vida del protagonista Luis Fernández Figueroa y su relación con el mítico personaje.

Miguel Angel Sabater Reyes (La Habana, 1960), Licenciado en Filología en la Facultad de Artes y Letras de la Universidad de La Habana. Ha publicado *Cuentos Orichas* (Extramuros), de la Editorial Unos&Otros los títulos, *Crónicas Humorísticas cubanas* (2014) *Los últimos días de Jaime Partagás* (2013), *La Virgen de Regla y Yemayá* (2014).

Su novela es en verdad apasionante , y se estructura de forma singular.
El Nuevo Herald / Olga Connor

Escrita por un historiador e investigador sagaz, la novela nos deja una admiración contenida que alimenta la llama de un mito que el tiempo no podrá apagar, a pesar de inútiles y continuas explicaciones.
Eusebio Leal Spengler, Historiador de La Habana.

MIGUEL SABATER REYES

MUERTES OSCURAS

Front cover (top book)

Félix J. Fojo

La Habana, Cuba, 1946. Es médico, divulgador científico y apasionado de la historia. Exprofesor de la Cátedra de Cirugía de la Universidad de La Habana. Desde hace muchos años reside entre Florida, EE.UU. y Puerto Rico. Es editor de la revista *Galenus*, importante revista para médicos de Puerto Rico.

Ha publicado artículos de opinión y divulgación en diferentes medios periodísticos de EE UU. y Europa.

Entre sus libros publicados: *Cuac, leyes raras y otras historias de la Ciencia* (Ed. Palibrio, 2013), *De médicos, poetas, locos... y las otras* (Ed. Palibrio, 2014), *De Forest a Boatriz* (Ed. Unos&OtrosEdiciones, 2007), *No preguntes por ellos* (Unos&OtrosEdiciones, 2017).

La muerte no siempre llega tan plácida y dignamente como nos gustaría. Tanto para las personas comunes y corrientes como para aquellos elegidos que han llevado una vida relevante: guerreros, políticos, dictadores, científicos, artistas, músicos. La muerte es siempre un evento digno de atención. Y cuando la miramos de cerca, a veces encontramos circunstancias extrañas, sospechosas, sin explicaciones claras y definidas, no concordantes o anómalas, en dos palabras, muertes oscuras. Y de esas muertes oscuras está llena la amplia historia de la medicina que no es más que la historia de la humanidad.

El autor intenta un estudio puramente paleopatográfico, esa especialidad forense relativamente nueva que investiga *in vitu*, y con tecnología de avanzada, osamentas, momias y tumbas con el fin de diagnosticar, como se haría en un hospital ultramoderno, las más recónditas enfermedades y causas de muerte de los finados que yacen bajo los microscopios y aparatos de resonancia magnética. Sus expectativas son mucho más modestas, pero se alimentan del mismo entusiasmo por ir un poco más lejos en el diagnóstico, la clave médica por excelencia, y así ofrecer una nueva visión de ciertos eventos terminales, por ahondar e investigar más allá de la muerte, por encontrar un detalle o una posible explicación que se ha pasado por alto anteriormente o que pueda tentar a un investigador en ciernes a una pesquisa histórica más detallada.

UNOS&OTROS
EDICIONES

Spine
MUERTES OSCURAS — FÉLIX FOJO

Front
FÉLIX FOJO

MUERTES OSCURAS

UNA MIRADA CURIOSA
A LA HISTORIA CLÍNICA DE
FAMOSOS

HISTORIA DE LA SANTERÍA CUBANA

(bottom book)

Spine
NELSON ABOY DOMINGO — HISTORIA DE LA SANTERÍA CUBANA

Back cover

HISTORIA DE LA SANTERÍA CUBANA

Historia de la santería cubana, no es un libro más de los muchos que, desde la década de los 90, se han publicado en Cuba y el resto del mundo sobre el tema. Se trata de un estudio que aborda las formas tradicionales de la santería con las variantes asumidas en la sociedad cubana desde su introducción en la isla hasta nuestros días. Aplicando el análisis que vincula aspectos de diferentes disciplinas como la antropología y la sociología, el autor reflexiona en temas como la instauración del imperio yoruba, el proceso ritual de iniciación personal, el código ético e identitario de la Regla de Ocha, definición de Oricha, orígenes del sistema oracular del Ifá, entre otros, para ofrecernos en estos trece ensayos, una variedad de puntos de vista sobre un fenómeno tan consustancial a la idiosincrasia cubana como son las tradiciones afro-religiosas.

Nelson Aboy Domingo (Cuba, 1948). Lic. Teología. Instituto Superior de Estudios Bíblicos y Teológicos, ha cursado numerosos diplomados en Antropología y Etnología. Sus estudios se han enfocado, principalmente, en las religiones afrocubanas. En este campo destacan títulos como Muerbe América Negra, Territorio y Voces de la interculturalidad Afrodescendientes.

Es miembro de la Unión de Historiadores de Cuba y colaborador de disímiles instituciones culturales, Presidente del Consejo Científico de La Casa Museo de África adjunta a la Oficina del Historiador de la Ciudad de La Habana, Miembro Permanente de The National African Religion Congress Philadelphia, California, EE.UU.

UNOS&OTROS

Front cover

HISTORIA
DE LA
SANTERÍA
CUBANA

NELSON ABOY DOMINGO

RITA MONTANER
TESTIMONIO DE UNA ÉPOCA

RAMÓN FAJARDO ESTRADA

(spine) RITA MONTANER · TESTIMONIO DE UNA ÉPOCA · Ramón Fajardo Estrada

(back cover)

Rita Montaner: testimonio de su época, lo considero un libro «duchúcero», porque al empezarlo a leer no nos podemos detener; tenemos que seguir y seguir, debido a cuatro valores que, en mi opinión posee esta obra.

El primero es la fidelidad histórica. (...) En segundo lugar, la acertada captación del entorno que rodea a la Montaner. (...) a quien muchos del pueblo nada más conocían como la bella mulata que marcó pautas en la interpretación de melodías afrocubanas y llevaba a los máximos planos de popularidad sus personajes de la radio, el teatro y la televisión (...) Y, la valiosa información que aparte de testimonios se plasma en el libro a través de programas, fotografías y otros materiales investigativos para lograr una imagen cabal de la inolvidable artista.

CARILDA OLIVER LABRA

Rita la única, Rita de Cuba, Rita del Mundo// Para mí, sencillamente, Rita Montaner. Un nombre que abarcó todo el arte// Porque eso fue ella; ¡el arte en forma de mujer!»

ERNESTO LECUONA

Rita de Cuba, Rita la Única... No hay tan adecuado modo de llamarla, si ello se quiere hacer con justicia. «De Cuba», porque su arte expresa hasta el hondón humano lo verdaderamente nuestro; «la Única», pues sólo ella, y nadie más, ha hecho del «solar» habanero, de la calle cubana, una categoría universal.

NICOLÁS GUILLÉN

«Ella debe haber vivido muy feliz de ser Rita Montaner, La Única, la artista que representaba el sentimiento del pueblo cubano con una gracia y donaire irrepetibles»

EUSEBIO LEAL

UNOSOTROS

KABIOSILES
LOS MÚSICOS DE CUBA

(spine) KABIOSILES · Los músicos de Cuba · Ramón Fernández-Larrea

Ramón Fernández-Larrea

(back cover)

Kabiosiles
Los músicos de Cuba

Aquí están reunidos sesenta y seis retratos de nuestros dioses terrenales: los músicos de Cuba. Esos que andan en nuestra memoria, en nuestra piel y en la niebla de nuestra identidad. Son los rostros que conforman nuestro ADN sonoro. Estos «Kabiosiles», son saludos desde lo más profundo del corazón.

Vicentico, Benny Moré, Rita, La Lupe, Bola de Nieve, Celia Cruz, Machín, Arsenio Rodríguez, son algunos nombres en ese mapa de lo que somos. Porque, como escribió el poeta Ramón Fernández-Larrea, autor de este libro: «Bajo la noche catalana, en las calles de melancolía de París, en viejos pueblos volcánicos de Canarias tengo una luz. De esa luz baja una lluvia como un son esplendido como la vida, con guiños de mujer y olores que me mecen, y el alma se divierte y se expande, y es la única razón que nos une y nos abraza a todos por igual. A tristes y serenos, a poetas y amargados, a viudos y combucheros, a cercanos y lejanos. Los que siempre nos encontraremos en el único mar de nuestros sueños reales».

 UNOSOTROS

www.unosotrosediciones.com

infoeditorialunosotros@gmail.com

UNOSOTROS

UnosOtrosEdiciones

Siguenos en Facebook, Twitter e Instagram:

www.unosotrosediciones.com